Arthur Schnitzler

Frau Berta Garlan

Arthur Schnitzler: Frau Berta Garlan

Erstdruck: Neue Deutsche Rundschau, XII. Jahrgang, 1. bis 3. Heft, Januar – März 1901.

Neuausgabe mit einer Biographie des Autors
Herausgegeben von Karl-Maria Guth
Berlin 2016

Der Text dieser Ausgabe folgt:
Arthur Schnitzler: Gesammelte Werke. Die erzählenden Schriften, 2 Bände, Frankfurt a.M.: S. Fischer Verlag, 1961.

Die Paginierung obiger Ausgabe wird hier als Marginalie zeilengenau mitgeführt.

Umschlaggestaltung von Thomas Schultz-Overhage unter Verwendung des Bildes: Alphonse Mucha, Portrait von Jaroslava, 1930

Gesetzt aus der Minion Pro, 11 pt

Verlag: Henricus - Edition Deutsche Klassik GmbH
Mörchinger Str. 33, 14169 Berlin, info@henricus-verlag.de
Druck: Libri Plureos GmbH, Friedensallee 273, 22763 Hamburg

Die Ausgaben der Sammlung Hofenberg basieren auf zuverlässigen Textgrundlagen. Die Seitenkonkordanz zu anerkannten Studienausgaben machen Hofenbergtexte auch in wissenschaftlichem Zusammenhang zitierfähig.

ISBN 978-3-8430-9298-2

Bibliografische Information der Deutschen Nationalbibliothek

Die Deutsche Nationalbibliothek verzeichnet diese Publikation in der Deutschen Nationalbibliografie; detaillierte bibliografische Daten sind im Internet über www.dnb.de abrufbar.

Langsam schritt sie den Hügel hinab; nicht über die breite Fahrstraße, die in Windungen zur Stadt hinunterlief, sondern über den schmalen Weg zwischen den Weingeländen. Ihr kleiner Bub, den sie an der Hand hielt, ging immer einen Schritt voraus, denn für beide war nicht Platz genug. Die späte Nachmittagssonne strahlte ihr entgegen und hatte noch so viel Kraft, daß Berta ihren dunkeln Strohhut ein wenig tiefer in die Stirn drücken und den Blick senken mußte. Auf den Hängen, an die die kleine Stadt sich lehnte, flimmerte es wie ein goldener Nebel, die Dächer unten glänzten, und der Fluß, der dort, außerhalb der Stadt, zwischen den Auen hervorkam, zog leuchtend ins Land. Die Luft war ganz regungslos, und die Kühle des Abends schien noch fern.

Berta blieb einen Augenblick stehen und sah um sich. Sie war ganz allein mit ihrem Buben, und eine merkwürdige Stille war um sie. Auch oben auf dem Friedhof hatte sie heute niemanden begegnet, nicht einmal die alte Frau, die sonst die Blumen begoß, den Gräberschmuck in gutem Stand erhielt, und mit der sie manchmal plauderte. Es kam Berta vor, als wäre sie schon recht lang vom Hause fort und hätte schon lang mit niemandem gesprochen. Jetzt schlug es von einem Kirchturme sechs Uhr. So war noch kaum eine Stunde verflossen, seit sie ihre Wohnung verlassen, und noch kürzere Zeit, daß sie auf der Straße mit der schönen Frau Rupius geplaudert. Und selbst die wenigen Minuten, die verstrichen waren, seit sie am Grabe ihres Mannes gestanden, schienen ihr schon weit zu liegen. –

»Mama!« hörte sie plötzlich ihren Buben rufen. Er hatte sich von ihrer Hand losgemacht und war vorausgelaufen. »Mama, ich kann schneller gehen als du!«

»So warte doch, Fritz!« rief Berta. »Du wirst die Mama doch nicht allein lassen.« Sie folgte ihm und nahm ihn wieder bei der Hand.

»Gehen wir schon nach Hause?« fragte der Kleine.

»Ja, Fritz, wir wollen uns zum offenen Fenster setzen, so lang, bis es ganz dunkel wird.«

Bald waren sie am Fuß des Hügels angelangt und spazierten nun unter den schattigen Kastanien, neben der staubweißen Reichsstraße, dem Städtchen zu. Auch hier trafen sie nur wenige Menschen. Auf der Fahrstraße kamen ihnen ein paar Lastwagen entgegen, die Kutscher trotteten daneben, die Peitsche in der Hand, zwei Radfahrer kamen aus der Stadt und fuhren landeinwärts, Staubwolken hinter sich lassend. Unwillkürlich blieb Berta stehen, sah den beiden nach, bis sie beinahe ganz verschwunden waren.

Indes war der Kleine auf eine Bank geklettert. »Schau, Mama, was für eine Kunst ich kann!« rief er aus und machte sich bereit, herunterzuspringen. Die Mutter faßte ihn bei den Armen und hob ihn sorgsam herab. Dann setzte sie sich.

»Bist du müd?« fragte der Kleine.

»Ja«, sagte sie und wunderte sich selbst, daß es so war. Denn jetzt erst fühlte sie, daß die schwüle Luft sie bis zur Schläfrigkeit ermattet hatte. Sie erinnerte sich übrigens nicht, jemals Mitte Mai so warme Tage erlebt zu haben.

Von der Bank aus, auf der sie saß, konnte sie den Weg zurück verfolgen, den sie gekommen war, wie er zwischen den Weingeländen in der Sonne hinauf lief, bis zu der hell glänzenden Friedhofmauer. Es war ein Spaziergang, den sie zwei- oder dreimal in der Woche zu machen pflegte. Schon lange hatte dieser Weg für sie nichts anderes zu bedeuten. Wenn sie dort oben auf dem gepflegten Kies, zwischen den Kreuzen und Steinen umherwandelte, und am Grab ihres Mannes ein stilles Gebet verrichtete oder auch ein paar Feldblumen hinlegte, die sie auf dem Hinweg selbst gepflückt, empfand sie kaum mehr die leiseste schmerzliche Bewegung. Freilich waren nun drei Jahre hingegangen, seit sie ihn begraben, ebenso viele als sie mit ihm zusammen verlebt hatte. –

Ihre Augen schlossen sich. Sie gedachte ihrer Ankunft in der Stadt, wenige Tage nach ihrer Hochzeit, die noch in Wien stattgefunden. Sie hatten eine kleine Reise gemacht, wie sie sich eben ein Mann in geringen Verhältnissen gestatten konnte, der eine Frau ganz ohne Mitgift geheiratet. Sie waren mit dem Schiff von Wien aus stromaufwärts gefahren und hatten in einem kleinen Ort in der Wachau, ganz nahe ihrem künftigen Bestimmungsort, ein paar Tage zugebracht. Berta erinnerte sich noch deutlich des kleinen Gasthofs, in dem sie gewohnt, des Gärtchens am Fluß, wo sie nach Sonnenuntergang zu sitzen pflegten, an diese ruhigen und etwas langweiligen Abende, die so völlig anders waren, als sie sich, ein ganz junges Mädchen, die Abende einer jungen Ehe vorgestellt hatte. Freilich, sie hatte sich bescheiden müssen.

Sie war sechsundzwanzig Jahre alt und stand ganz allein, als Victor Mathias Garlan um sie anhielt. Ihre Eltern waren eben gestorben. Der eine ihrer Brüder war schon lang vorher nach Amerika gegangen, um dort als Kaufmann sein Glück zu versuchen, der jüngere war beim Theater, hatte eine Schauspielerin zur Frau genommen und spielte auf deutschen Bühnen dritten Rangs Komödie. Zu ihren Verwandten stand sie kaum in Beziehung, nur im Haus einer Cousine, die einen Advokaten geheiratet, verkehrte sie zuweilen. Aber auch diese Freundschaft war mit jedem Jahr kühler geworden, da die junge Frau mit einer Art Inbrunst sich ausschließlich ihrem Mann und ihren Kindern widmete und wenig Interesse mehr für die unverheiratete Freundin übrig hatte.

Herr Garlan war ein entfernter Verwandter von Bertas verstorbener Mutter; er hatte in früheren Jahren viel im Hause verkehrt und dem jungen Mädchen in etwas unbeholfener Weise den Hof gemacht. Damals hatte Berta keinen Grund, ihn zu ermutigen, das Leben und das Glück zeigte sich ihr in anderen Gestalten. Sie war jung und hübsch, die Verhältnisse im Hause ihrer Eltern waren behaglich, wenn auch nicht reich, und ihr lag die Hoffnung näher, als eine große Klaviervirtuosin, vielleicht als Gattin eines Künstlers, in der Welt umherzuziehen denn im Frieden der Familie eine bescheidene Existenz zu führen. Aber diese Hoffnung verblaßte bald, da ihr Vater eines Tags in einer Aufwallung seiner bürgerlichen Anschauungen ihr den weiteren Besuch des Konservatoriums nicht mehr gestattete, wodurch sowohl ihre Aussichten auf eine Künstlerlaufbahn, als ihre Beziehungen zu dem jungen Violinspieler, der seither so berühmt geworden war, ein Ende nahmen. Dann verflossen ein paar Jahre in einer sonderbaren Dumpfheit; anfangs mochte sie wohl etwas wie Enttäuschung oder gar Schmerz empfunden haben, aber das hatte gewiß nicht lange gedauert. Später waren Bewerber gekommen, ein junger Arzt und ein Kaufmann, die sie beide nicht hatte nehmen wollen; den Arzt, weil er zu häßlich, den Kaufmann, weil er in einer Provinzstadt ansässig war. Die Eltern redeten ihr auch nicht lebhaft zu. Aber als Berta sechsundzwanzig alt wurde und der Vater durch einen Bankerott sein kleines Vermögen verlor, mußte sie verspätete Vorwürfe hören wegen aller möglichen Dinge, die sie selbst zu vergessen anfing: wegen ihrer früheren künstlerischen Pläne, wegen jener längstvergangenen aussichtslosen Geschichte mit dem Violinspieler, wegen ihrer ablehnenden Haltung gegen den häßlichen Arzt und den Kaufmann aus der Provinz. Zu dieser Zeit war Victor Mathias Garlan nicht mehr in Wien ansässig; die Versicherungsgesellschaft, in der er seit seinem zwanzigsten Jahr als Beamter tätig war, hatte ihn vor zwei Jahren, auf seinen eigenen

Wunsch, als Leiter einer neugegründeten Filiale nach der kleinen Stadt an der Donau versetzt, wo sein verheirateter Bruder als Weinhändler lebte. Als er damals in Bertas Hause Abschied genommen, hatte er in einem längeren Gespräch, das auf Berta einen gewissen Eindruck übte, erwähnt, daß er besonders deshalb um seine Versetzung nach der kleinen Stadt angesucht, weil er sich alt werden fühlte, nicht mehr zu heiraten gedächte und doch gern eine Art Heim bei Leuten hätte, die ihm naheständen. Die Eltern hatten damals über seine Auffassung, die etwas hypochondrisch schien, gescherzt; denn Garlan war kaum vierzig Jahre alt. Berta aber fand sie sehr vernünftig, denn ihr war Garlan nie eigentlich jung vorgekommen. Im Lauf der nächsten Jahre kam Victor Mathias Garlan öfters geschäftlich nach Wien und versäumte niemals, die Familie aufzusuchen. Dann pflegte Berta nach dem Nachtmahl Klavier vorzuspielen, und er hörte ihr mit einer gewissen Andacht zu, sprach wohl auch von seinem kleinen Neffen und von seiner kleinen Nichte, die beide sehr musikalisch wären und der er oft von Fräulein Berta erzählte als der vorzüglichsten Klavierspielerin, die er je gehört. Es schien sonderbar, und die Mutter konnte gelegentlich ihre Bemerkungen darüber nicht unterdrücken, daß Herr Garlan seit seiner schüchternen Werbung in früherer Zeit auch nicht mehr die leiseste Anspielung auf Vergangenes oder gar auf eine mögliche Zukunft gewagt hatte, und zu den anderen Vorwürfen, die Berta zu hören bekam, gesellte sich nun auch der, daß sie Herrn Garlan mit zu großer Gleichgültigkeit, ja mit Kälte begegnete. Berta schüttelte nur den Kopf, denn sie selbst dachte auch damals noch nicht daran, den etwas unbeholfenen Mann, der vor der Zeit alterte, zu heiraten. Nach dem plötzlichen Tod der Mutter, welcher erfolgte, während der Vater schon durch viele Monate krank war, erschien Herr Garlan wieder in Wien und teilte mit, daß er einen vierwöchigen Urlaub genommen, den einzigen, um den er jemals angesucht hatte. Berta merkte wohl, daß er nur gekommen war, um ihr in dieser schweren Zeit beizustehen. Und als nun auch der Vater eine Woche nach dem Begräbnis der Mutter starb, erwies sich Garlan als treuer Freund und zudem von einer Energie, die sie ihm nie zugetraut hatte. Er veranlaßte seine Schwägerin, auf einige Wochen nach Wien zu kommen, um der Verwaisten in der ersten Zeit beizustehen und sie ein wenig zu zerstreuen; und er ordnete die geschäftlichen Angelegenheiten geschickt und schnell. Er war von einer Herzlichkeit, die Berta in diesen schlimmen Tagen sehr wohl tat, und als er sie nach Ablauf seines Urlaubs fragte, ob sie seine Frau werden wollte, nahm sie seinen Antrag mit dem Gefühl der tiefsten Dankbarkeit an. Sie wußte wohl, daß sie sonst genötigt gewesen wäre, sich nach wenigen Monaten vielleicht durch Lektionen ihr Brot selbst zu verdienen, überdies hatte sie Garlan so schätzen gelernt und sich so sehr an ihn gewöhnt, daß sie ihm in der Stunde, da er sie in die Kirche zur Trauung führte und im Wagen zum erstenmal fragte, ob sie ihn lieb hätte, ein aufrichtiges Ja zur Antwort geben konnte.

Schon in den ersten Tagen merkte sie freilich selbst, daß sie keine liebe für ihn fühlte. Seine Zärtlichkeit ließ sie sich eben gefallen, anfangs mit einem gewissen Staunen der Enttäuschung, später mit Gleichgültigkeit, und, erst als sie sich Mutter fühlte, mit dem guten Willen, sie zu erwidern. An das stille Wesen in der kleinen Stadt hatte sie sich rasch gewöhnt, um so leichter, als sie auch in Wien zurückgezogen gelebt hatte. In der Familie ihres Mannes fühlte sie sich recht wohl; der Schwager schien ihr ganz liebenswürdig und lustig, wenn auch mitunter derb; seine Frau war gutmütig und zuweilen etwas traurig. Der Neffe – zur Zeit, als Berta in die Stadt kam, zählte er dreizehn Jahre – war hübsch und keck; die Nichte ein sehr stilles Kind von neun Jahren, mit großen, erstaunten Augen, war Berta von allem Anfang an am herzlichsten zugetan. Als Berta ihren Buben bekam, wurde er von den Kindern als willkommenes Spielzeug begrüßt, und in den nächsten zwei Jahren fühlte sie sich vollkommen glücklich. Ja, sie glaubte zuweilen, daß ihr Schicksal sich gar nicht günstiger hätte gestalten können. Der Lärm, die Unruhe der großen Stadt erschienen ihr in der Erinnerung wie etwas Unangenehmes, beinahe Gefährliches, und als sie einmal mit ihrem Mann hineingefahren war, um einige Einkäufe zu machen und der Zufall es fügte, daß es ein ärgerlicher, schmutziger Regentag war, schwur sie sich zu, niemals wieder diese langweilige und überflüssige Reise von drei Stunden zu unternehmen.

Ihr Mann starb plötzlich, an einem Frühlingsmorgen, drei Jahre, nachdem er sie geheiratet. Ihre Bestürzung war groß. Sie fühlte, daß sie diese Möglichkeit überhaupt nie im Auge gehabt hatte. Sie blieb in recht beschränkten Verhältnissen zurück. Aber bald wurde von der Schwägerin eine liebenswürdige Art gefunden, die Witwe zu unterstützen, ohne daß es wie ein Almosen ausgesehen hätte. Man bat sie, die Kinder im Klavierspiel weiter auszubilden und verschaffte ihr auch in einigen anderen Häusern der Stadt Lektionen. Es war ein stilles Übereinkommen, daß man immer so tat, als wenn sie diese Lektionen nur übernommen, um sich ein wenig zu zerstreuen, und daß man sie dafür bezahlte, weil man sich ja ihre Zeit und Mühe unmöglich schenken lassen konnte. Was sie nun auf diese Weise verdiente, genügte vollkommen, um ihre Einnahmen in einer für ihre Lebensweise ausreichenden Art zu ergänzen. So war sie denn, nachdem erst der Schmerz und dann die Traurigkeit über das Hinscheiden ihres Mannes überwunden war, wieder ganz zufrieden und heiter. Ihr bisheriges Leben war nicht so verflossen, daß sie jetzt irgend etwas zu entbehren glaubte. In ihren Gedanken an die Zukunft beschäftigte sie kaum je anderes als das allmähliche Heranwachsen ihres Kleinen, und nur selten flog ihr die Möglichkeit einer neuen Heirat durch den Sinn, immer ganz flüchtig, da sich noch niemand gezeigt, an den sie in dieser Hinsicht ernstlich denken mochte. Regungen von jugendlichen Wünschen, die ihr zuweilen in wachen Morgenstunden kamen, verflogen immer wieder im gleichmäßigen Lauf der Tage. Erst seit Beginn dieses Frühlings fühlte sie sich weniger behaglich als bisher; sie schlief nicht mehr so ruhig und traumlos als früher, sie hatte zuweilen eine Empfindung der Langeweile, die sie nie gekannt, und das Sonderbarste war eine plötzliche Ermattung, die sie manchmal bei hellichtem Tage überkam, in der sie das Kreisen des Blutes in ihrem ganzen Körper zu verspüren meinte, und die sie an eine ganz frühe Epoche ihrer Mädchenzeit erinnerte. Anfangs war ihr das Gefühl in aller seiner Bekanntheit doch so fremd, daß ihr war, als hätte ihr einmal eine ihrer Freundinnen davon erzählt. Erst als es sich häufiger wiederholte, besann sie sich, daß sie selbst es schon früher erlebt hatte.

Sie schauerte zusammen, und es war ihr, als erwachte sie aus einem Schlaf. Sie öffnete die Augen. Die Luft schien ihr wie in einer schwirrenden Bewegung. Die Straße lag bereits zur Hälfte im Schatten, die Friedhofmauer oben auf dem Hügel glänzte nicht mehr; Berta bewegte ihren Kopf einigemal rasch hin und her, wie um sich ganz zu erwecken. Ihr schien, als wäre ein ganzer Tag, eine ganze Nacht verflossen, seit sie sich hierher auf die Bank gesetzt hatte. Wie ging das nur zu, daß ihr die Zeit so auseinanderrann? Sie sah um sich. Wo war denn ihr Bub? Da hinter ihr spielte er mit den Kindern des Doktor Friedrich, das Kindermädchen kniete neben ihnen auf dem Boden und half ihnen aus Sand eine Burg bauen. Die Allee war nun belebter als früher. Berta kannte beinah alle Leute, jeden Tag sah sie dieselben. Da sie aber die meisten selten sprach, zogen sie wie Schatten an ihr vorbei; hier kam der Sattler Peter Nowak mit seiner Frau, auf seinem kleinen Landwagen fuhr Doktor Rellinger vorbei und grüßte sie, dann kamen die beiden Töchter des Hausbesitzers Wendelein, und dort radelte der Leutnant Baier mit seiner Braut langsam die Straße ins Land hinaus. Dann schien wieder alle Bewegung auf kurze Zeit vorbei, und Berta hörte nichts als das Lachen der Kinder hinter sich. Jetzt sah sie wieder jemanden von der Stadt her langsam herankommen, den sie schon von weitem erkannte. Es war Herr Klingemann, der sie in der letzten Zeit öfter als früher anzureden pflegte. Vor zwölf oder fünfzehn Jahren war er aus Wien in die kleine Stadt übergesiedelt; es hieß, daß er früher Arzt gewesen und seine Praxis wegen irgendeines Kunstfehlers oder eines noch böseren Versehens hatte aufgeben müssen. Andere behaupteten, daß er es überhaupt nie bis zum Doktor gebracht und schließlich als alter Student das Studieren aufgegeben. Er selbst gab sich als Philosophen aus, den das Leben in der Großstadt, nachdem er es bis zum Überdruß genossen, angewidert und der deshalb in die kleine Stadt gezogen war, wo er mit den Resten seines Vermögens anständig leben konnte. Er war jetzt kaum älter als fünfundvierzig, hatte noch seine guten Tage, sah aber meistens recht verwittert und unangenehm aus. Schon von weitem lächelte er der jungen Witwe zu, beeilte seine Schritte aber nicht und blieb endlich mit einem spöttischen Kopfnicken, das sein Gruß gegenüber jedermann war, vor ihr stehen.

»Guten Abend, schöne Frau«, sagte er.

Sie erwiderte seinen Gruß. Es war heute einer jener Tage, wo er wieder auf Jugend und Eleganz Anspruch zu machen schien. Er war in einen dunkelgrauen Gehrock wie eingeschnürt und hatte auf dem Kopf einen schmalkrempigen, braunen Strohhut mit schwarzem Band, dazu trug er eine ganz kleine rote Krawatte, die etwas schief saß. Nachdem er eine Weile geschwiegen und seinen leicht angegrauten blonden Schnurrbart hinauf und hinunter gezogen hatte, sagte er: »Sie kommen wohl von dort oben, gnädige Frau?« Er wies mit der einen Hand, ohne seinen Kopf oder nur seine Augen zu wenden, gewissermaßen verächtlich über seine Schulter nach rückwärts in die Gegend des Friedhofs. Herr Klingemann galt in der ganzen Stadt als ein Mann, dem nichts heilig war; und Berta mußte, als er so vor ihr stand, an allerlei denken, was man von ihm erzählte. Es war bekannt, daß er ein Verhältnis mit seiner Köchin hatte, die er übrigens »Wirtschafterin« nannte, zugleich ein anderes mit einer Tabaktrafikantin, welche ihn mit einem Hauptmann des hier stationierten Regiments betrog, was er Berta mit stolzer Trauer erzählt hatte; außerdem gab es einige heiratsfähige Mädchen in der Stadt, die für ihn ein gewisses Interesse hegten. Spielte man darauf an, so pflegte er höhnische Bemerkungen über das Institut der Ehe im allgemeinen zu machen, was ihm zwar von manchem übel vermerkt wurde, im ganzen aber doch den Respekt vor ihm erhöhte.

»Ich habe einen kleinen Spaziergang gemacht«, sagte Berta.

»Allein?«

»Oh nein, mit dem Buben.«

»Richtig, da ist er ja! Grüß dich Gott, kleiner Sterblicher.« Er sah, während er das sagte, über den Kleinen hinweg. »Darf man sich auf einen Augenblick zu Ihnen setzen, Frau Berta?« Er sprach ihren Namen spöttisch aus und setzte sich, ohne ihre Antwort abzuwarten. »Ich habe Sie heute Vormittag Klavier spielen gehört«, fuhr er fort. »Wissen Sie, was ich für einen Eindruck habe? Daß Ihnen die Musik alles ersetzen muß.« Er wiederholte: »Alles« und sah sie dabei an, daß sie rot wurde. Dann fuhr er fort: »Wie schade, daß ich so selten Gelegenheit habe, Sie zu hören! Wenn ich nicht zufällig an Ihrem offenen Fenster vorbeigehe, während Sie spielen –«

Berta merkte, daß er immer näher an sie herangerückt war und mit seinem Arm den ihren berührte. Sie rückte unwillkürlich weg. Plötzlich fühlte sie sich von rückwärts umschlungen, ihren Kopf über die Lehne der Bank zurückgebeugt, eine Hand über ihre Augen gehalten. Einen Moment lang hatte sie die Empfindung, als fühlte sie die Hand Klingemanns über den Augenlidern und rief: »Aber sind Sie denn verrückt!« Die lachende Stimme eines Knaben hinter ihr erwiderte: »Nein, wie komisch das ist, wenn du zu mir ›Sie‹ sagst, Tante Berta!«

»So laß mich doch wenigstens die Augen aufmachen, Richard!« sagte Berta und versuchte, die Hände von ihren Augen zu entfernen; dann wandte sie sich um und fragte: »Kommst du vom Hause?«

»Ja, Tante, da hab ich dir auch die Zeitung mitgebracht.« Berta nahm ihm das Blatt aus der Hand und begann darin zu lesen. Indes stand Klingemann auf und wandte sich zu Richard. »Haben Sie schon Ihre Aufgaben gemacht?« fragte er ihn.

»Wir haben überhaupt keine Aufgaben mehr, Herr Klingemann, denn im Juli haben wir Matura.«

»Also wirklich, das nächste Jahr sind Sie schon Student?«

»Das nächste Jahr? Im Herbst!« Dabei schwippte er mit den Fingern über die Zeitung der Tante.

»Was willst du denn, ungezogener Bursch?«

»Du, Tante, wirst du mich in Wien besuchen?«

»Ja, könnt mir einfallen! Ich werd froh sein, wenn ich dich los bin.«

»Da kommt Herr Rupius«, sagte Richard.

Berta ließ das Blatt sinken. Sie sah in die Richtung, welche Richards Blick wies. In der Allee von der Stadt her kam in einem Rollstuhl, den ein Dienstmädchen vor sich herschob, ein Mann herangefahren; er hatte den Kopf unbedeckt, der weiche Hut lag auf seinem Schoß, von dem ein Plaid bis über seine Füße herabfiel. Die Stirn war hoch, die Haare schlicht und blond, an der Stirngrenze ergraut, die Augen eigentümlich groß. Als er an der Bank vorüberfuhr, neigte er nur leicht den Kopf, ohne zu lächeln. Berta wußte, daß er sicher hätte anhalten lassen, wenn sie allein gewesen wäre; er sah auch nur sie an, als er vorbeifuhr, und sein Gruß schien nur ihr zu gelten. Ihr war, als hätten seine Augen noch nie so ernst geblickt als heut. Das machte sie sehr traurig, denn sie hatte ein tiefes Mitleid mit dem gelähmten Mann.

Als er vorüber war, sagte Klingemann: »Armer Teufel! Und das Weibchen ist wohl wieder einmal in Wien?«

»Nein«, sagte Berta beinah erzürnt, »ich hab sie vor einer Stunde gesprochen.« Klingemann schwieg, denn er fühlte, daß weitere Bemerkungen über die geheimnisvollen Reisen der Frau Rupius sich mit seinem eigenen Ruf als freidenkender Mensch nicht vertragen hätten.

398 »Wird er wirklich nie wieder gehen können?« fragte Richard.

»Nie«, sagte Berta. Sie wußte es, weil es ihr Herr Rupius selbst einmal gesagt hatte, als sie ihn besuchte, während seine Frau in Wien war. Er kam ihr in diesem Augenblick besonders elend vor, denn gerade als Herr Rupius an ihnen vorbeigerollt wurde, war sie beim Lesen der Zeitung auf den Namen von einem gestoßen, den sie für einen Glücklichen hielt. Unwillkürlich las sie noch einmal. »Unser berühmter Landsmann Emil Lindbach ist von seiner Kunstreise durch Spanien und Frankreich, die ihm große Triumphe brachte, vor wenigen Tagen wieder nach Wien zurückgekehrt. In Madrid hatte der ausgezeichnete Künstler die Ehre, vor der Königin zu spielen. Am 24. dieses wird Herr Lindbach bei dem Wohltätigkeitskonzert zugunsten der durch die letzte Überschwemmung so schwer geschädigten Einwohner von Vorarlberg mitwirken, für das sich trotz der vorgerückten Saison lebhaftes Interesse im Publikum kundgibt.«

Emil Lindbach. Es kostete ihr eine gewisse Mühe, sich vorzustellen, daß es derselbe war, den sie – wann? – vor zwölf Jahren geliebt hatte. Vor zwölf Jahren. Sie fühlte, wie es ihr heiß in die Stirne stieg. Es war ihr, als müßte sie sich ihres allmählichen Älterwerdens schämen.

Die Sonne war ganz hinunter. Berta nahm den Knaben bei der Hand, empfahl sich von den anderen und ging langsam heimwärts. Das Haus, in dessen erstem Stock sie wohnte, lag in einer neuen Straße; von ihren Fenstern hatte sie den Blick auf die Hügel, und ihr gegenüber lagen unbebaute Plätze. Berta übergab ihren Kleinen dem Mädchen, setzte sich ans Fenster, nahm die Zeitung zur Hand und las weiter. Es war ihre Gewohnheit geblieben, zuerst die Kunstnachrichten durchzuschauen; die stammte noch aus ihrer frühesten Kinderzeit, als sie mit ihrem Bruder, dem jetzigen Schauspieler, auf die vierte Galerie ins Burgtheater zu gehen pflegte. Dieses Interesse wuchs natürlich, als sie das Konservatorium besuchte; sie kannte damals die Namen der kleinsten Schauspieler, Sänger, Pianisten, und als später der häufige Theaterbesuch, der Unterricht im Konservatorium und ihre eigenen künstlerischen Bestrebungen ein Ende nahmen, blieb doch eine Art von Anteilnahme an dieser fröhlichen Welt in ihr zurück, die etwas vom Heimweh an sich hatte. Schon in der letzten Zeit ihres Wiener Aufenthalts hatten ja alle diese Dinge kaum mehr etwas für sie zu bedeuten, wie wenig erst, seit sie in der kleinen Stadt wohnte, wo gelegentliche Dilettantenkonzerte das Höchste waren, was an künstlerischen Genüssen geboten wurde. Im ersten Jahre ihres Hierseins hatte sie bei einem solchen Abend im Gasthof »zum roten Apfel« mitgewirkt, das heißt, sie hatte mit einer anderen jungen Dame der Stadt zwei Märsche von Schubert vierhändig gespielt. Ihre Aufregung war damals so groß gewesen, daß sie sich verschwor, je wieder öffentlich aufzutreten, und recht froh war, ihre Karriere aufgegeben zu haben. Dazu mußte man ganz anders angelegt sein, so etwa wie Emil Lindbach. – Ja, der war dazu geboren! Das hatte sie erkannt in dem Augenblick, da sie ihn das erstemal bei einer Schülerproduktion aufs Podium treten gesehen, an der Art, wie er sich unbefangen das Haar zurückgestrichen, die Leute unten mit spöttischer Überlegenheit angesehen und sich gleich für den ersten Beifall mit einer Ruhe bedankt hatte, als war er das längst gewohnt. Sonderbar! wenn sie an Emil Lindbach dachte, sah sie ihn noch immer so jünglingshaft, ja knabenhaft vor sich, als er zu der Zeit aussah, da sie einander gekannt und geliebt hatten. Und doch hatte sie vor ganz kurzem, als sie mit

Schwager und Schwägerin einmal abends im Kaffeehaus war, in einem illustrierten Blatt eine Photographie von ihm gesehen, auf der er sehr verändert aussah. Er trug die Haare nicht mehr lang, der schwarze Schnurrbart schien mit dem Eisen nach abwärts gedreht, er hatte einen auffallend hohen Kragen und eine nach der Mode geschlungene Krawatte. Die Schwägerin hatte gefunden, er sehe aus wie ein polnischer Graf.

Berta nahm die Zeitung wieder vor und wollte weiterlesen, aber es war schon zu dunkel. Sie stand auf, rief nach dem Mädchen. Die Lampe wurde hereingebracht, der Tisch gedeckt. Berta aß mit dem Kleinen zur Nacht, während das Fenster offen stehen blieb. Sie empfand heute für ihr Kind eine noch größere Zärtlichkeit als sonst, auch dachte sie an die Zeit zurück, in der ihr Mann noch gelebt hatte, und allerlei Erinnerungen flogen ihr durch den Sinn. Während sie Fritz zu Bette brachte, weilte ihr Blick recht lang auf dem Porträt ihres verstorbenen Mannes, das in einem dunkelbraunen, ovalen Holzrahmen über ihrem Bette hing. Er hatte sich in ganzer Figur aufnehmen lassen, im Frack, mit weißer Krawatte, den Zylinder in der Hand, zum Gedächtnis an den Hochzeitstag. Berta wußte in diesem Augenblick ganz bestimmt, das Herr Klingemann beim Anblick dieses Porträts spöttisch gelächelt hätte.

Später setzte sie sich ans Klavier, wie sie es nicht selten vor dem Schlafengehen zu tun pflegte, nicht eben aus Begeisterung für die Musik, sondern um nicht gar zu früh zu Bett zu gehen. Sie spielte dann meistens die wenigen Sachen, die sie noch auswendig kannte, Mazurken von Chopin, irgendeinen Satz aus einer Beethovenschen Sonate, die Kreisleriana, zuweilen phantasierte sie auch, brachte es aber nie über eine Folge von Akkorden, und zwar waren es immer dieselben. Heute fing sie gleich damit an, ihre Akkorde zu greifen, etwas leiser als sonst, dann versuchte sie Modulationen, und als sie einen letzten Dreiklang recht lang durch das Pedal nachklingen ließ – die Hände hatte sie schon in den Schoß gelegt – empfand sie gelinde Freude über die Töne, welche sie gleichsam umschwebten. Jetzt fiel ihr die Bemerkung Klingemanns ein: »Die Musik ersetzt Ihnen alles.« Wahrhaftig, er hatte nicht ganz unrecht gehabt. Die Musik mußte ihr mindestens viel ersetzen. Aber alles? – Oh nein.

Was war das? Schritte gegenüber … Nun, das war nichts Merkwürdiges. – Aber regelmäßige, langsame Schritte, als wenn jemand auf und ab ginge. Sie stand auf und trat zum Fenster. Es war ganz dunkel, und sie konnte den Mann, der da drüben spazierte, nicht gleich erkennen, aber sie wußte: es war Klingemann. Was für ein Einfall? Sollte er ihr eine Fensterpromenade machen?

»Guten Abend, Frau Berta«, sagte er von drüben, und sie sah, wie er im Dunkel den Hut lüftete. Sie antwortete, beinah befangen: »Guten Abend.« – »Sie haben sehr schön gespielt, gnädige Frau.« Sie erwiderte nichts als ein leises »So?«, das er vielleicht gar nicht hörte.

Er blieb eine Sekunde stehen, dann sagte er: »Gute Nacht, schlafen Sie wohl, Frau Berta.« Er sagte das Wort »schlafen« mit einer Betonung, die nahezu unverschämt war. Sie dachte: nun geht er nach Hause zu seiner Köchin. Dann fiel ihr plötzlich etwas ein, was sie schon sehr lang wußte, woran sie aber, seit sie es erfahren, nicht mehr gedacht: in seinem Zimmer sollte ein Bild hängen, das stets von einem kleinen Vorhang überdeckt war und das eine laszive Szene vorstellte. Wer hatte ihr das nur erzählt? – Ach ja, Frau Rupius, im vorigen Herbst einmal während eines Spazierganges an der Donau, und die hatte es wieder von jemand anderm erfahren – von wem nur? Was für ein widerwärtiger Mensch! Berta kam sich ein bißchen verworfen vor, daß sie an ihn und an alle diese Dinge dachte. Sie blieb noch am Fenster stehen. Ihr war, als hätte sie einen schweren Tag hinter sich. Sie dachte nach, was ihr denn eigentlich begegnet sei, und sie wunderte sich, daß es schließlich doch nur ein Tag gewesen war wie viele hundert vor ihm und viele, viele, die noch kommen würden.

Man stand vom Tische auf. Es war eines jener kleinen Sonntagsdiners gewesen, das der Weinhändler Garlan gelegentlich seinen Bekannten zu geben pflegte. Der Herr des Hauses näherte sich seiner Schwägerin und faßte sie um die Taille, was zu seinen Nachmittagsgewohnheiten gehörte.

Sie wußte schon, was er wollte. Wenn er Leute eingeladen hatte, mußte Berta nach dem Essen Klavier spielen, manchmal auch vierhändig mit Richard. Das leitete in angenehmer Weise zum Kartenspielen über oder klang auch anmutig hinein. Sie setzte sich an das Instrument. Indes wurde die Tür zum Herrenzimmer aufgetan; Garlan, Doktor Friedrich und Herr Martin setzten sich an einen kleinen, grünen Tisch und begannen zu spielen. Die Gattinnen der drei Herren blieben im Speisezimmer, und Frau Martin zündete sich eine Zigarette an, setzte sich auf den Divan und schlug die Beine übereinander. Sie trug Sonntags immer Ballschuhe und schwarze Seidenstrümpfe. Frau Doktor Friedrich sah wie gebannt auf die Füße der Frau Martin. Richard war den Herren gefolgt, er interessierte sich schon fürs Tarockspiel. Elly stützte ihren Ellbogen auf die Klavierdecke und wartete, bis Berta zu spielen begänne. Die Frau des Hauses ging aus und ein, sie hatte immer in der Küche Aufträge zu geben und klapperte mit dem Schlüsselbund, den sie in der Hand hielt. Als sie jetzt hereinkam, machte ihr Frau Doktor Friedrich mit den Augen ein Zeichen, das bedeuten sollte: Schauen Sie doch an, wie Frau Martin dasitzt!

Alles das sah Berta heute sozusagen deutlicher, als oftmals vorher, so etwa wie man Dinge sieht, wenn man Fieber hat. Noch immer hatte sie keine Taste berührt. Da wandte sich der Schwager zu ihr und sah sie mit einem Blick an, der sie an ihre Pflicht erinnern sollte. Sie begann zu spielen, einen Marsch von Schubert, mit sehr starkem Anschlag. Der Schwager drehte sich wieder nach ihr um und sagte: »Leiser.«

»Das bleibt eine Spezialität dieses Hauses«, sagte Doktor Friedrich, »Tarock mit Musikbegleitung.«

»Sozusagen Lieder ohne Worte«, setzte Herr Martin hinzu. Die anderen lachten. Garlan wandte sich wieder nach Berta um, denn sie hatte plötzlich aufgehört zu spielen.

»Ich habe ein bißchen Kopfweh«, sagte sie, wie wenn sie sich entschuldigen müßte, es war ihr aber gleich darauf, als hätte sie sich etwas vergeben, und sie setzte hinzu: »Ich habe keine Lust.«

Alle sahen auf sie, denn jeder fühlte, daß etwas nicht ganz Gewöhnliches geschehen sei. Frau Garlan sagte: »Willst du dich nicht zu uns setzen, Berta?« Elly hatte eine dunkle Empfindung, ihrer Tante gegenüber zärtlich sein zu müssen, und hing sich in ihren Arm. So standen die beiden nebeneinander, ans Klavier gelehnt.

»Gehen Sie heute Abend auch in den ›Roten Apfel‹?« fragte Frau Martin die Hausfrau.

»Nein, ich glaube nicht.«

»Ah!« rief Herr Garlan herein, »da wir heut Nachmittag auf unser Konzert verzichten mußten, wollen wir doch abends – Sie spielen aus, Herr Doktor.«

»Militärkonzert?« fragte Frau Doktor Friedrich.

Die Frau des Hauses war aufgestanden und fragte ihren Gatten: »Ist es dein Ernst, daß wir am Abend in den ›Roten Apfel‹ gehen?«

»Gewiß.«

»Soso«, sagte die Frau mit einer gewissen Betroffenheit und ging gleich wieder in die Küche, um neue Dispositionen zu treffen.

»Richard«, sagte Garlan zu seinem Sohn, »du könntest rasch hinüberlaufen, dem Wirt sagen, er möge uns einen Tisch im Garten reservieren lassen.«

Richard eilte hinaus und stieß in der Tür mit seiner Mutter zusammen, die eben hereinkam und wie erschöpft auf dem Divan niedersank. »Sie glauben nicht«, sagte sie zu Frau Doktor Friedrich, »wie schwer es ist, der Brigitta die einfachsten Dinge zu erklären.«

Frau Martin hatte sich neben ihren Mann gesetzt, während sie zugleich einen Blick auf Berta warf, die noch immer stumm mit Elly am Klavier stand. Sie strich ihrem Gatten durchs Haar, legte ihre Hand auf seine Knie und schien ein Bedürfnis zu haben, den Leuten zu zeigen, wie glücklich sie wäre. Plötzlich sprach Elly zu ihrer Tante:

»Ich will dir was sagen, Tante, wir wollen ein bißchen in den Garten hinunter, im Freien wird das Kopfweh schon vergehen.«

Sie gingen die Treppe hinab, in den Hof, in dessen Mitte man eine kleine Wiese angelegt hatte. Rückwärts schloß ihn eine Mauer ab, an der einiges Gesträuch und zwei junge Bäume standen, die vorläufig noch durch Stöcke gestützt werden mußten. Über die Mauer hinweg sah man nur den blauen Himmel; an stürmischen Tagen hörte man hier das Rauschen des nahen Flusses. Mit der Lehne gegen die Mauer standen zwei Gartenstühle aus Stroh und vor ihnen ein kleines Tischchen; auf diese Stühle setzten sich Berta und Elly, ohne daß Elly den Arm der Tante losließ.

»Willst du mir nicht sagen, Tante –«

»Was denn, Elly?«

»Schau, ich bin ja jetzt schon groß, erzähl' mir doch von ihm.«

Berta schrak leise zusammen, denn ihr war mit einemmal, als bezöge sich diese Frage nicht auf ihren verstorbenen Mann, sondern auf irgendeinen andern. Und plötzlich sah sie das Bild Emil Lindbachs vor sich, so wie sie es in der illustrierten Zeitung gesehen; aber gleich war die Erscheinung und der leise Schreck vorbei, und sie empfand eine Art Rührung über die schüchterne Frage des jungen Mädchens, das glaubte, sie traure noch immer um ihren verstorbenen Mann, und es würde sie trösten, wenn sie über ihn reden könnte.

In diesem Augenblick ertönte Richards Stimme an einem Fenster, das in den Hof hinunter schaute: »Darf ich auch zu euch hinunter, oder habt ihr Geheimnisse?« Jetzt fiel Berta zum erstenmal eine Ähnlichkeit auf, die er mit Emil Lindbach hatte. Sie dachte aber, es wäre vielleicht nur das Jugendliche seines Wesens und die etwas langen Haare, die an ihn gemahnten. Er war jetzt beinah so alt, als Emil damals gewesen.

»Der Tisch ist reserviert«, sagte er, indem er in den Hof trat. »Kommst du mit uns, Tante Berta?« Er setzte sich auf die Lehne des Stuhls, auf dem sie saß, streichelte ihr die Wange, indem er in seiner frischen und doch etwas zärtelnden Art sagte: »Komm' mit, mir zulieb, schöne Tante.«

Berta schloß unwillkürlich die Augen. Ein Wohlbehagen überkam sie, wie wenn Kinderhände, wie wenn die kleinen Finger ihres eigenen Buben ihr die Wange streichelten. Bald aber fühlte sie, daß sich irgendeine andere Erinnerung beigesellte. Sie mußte an einen Spaziergang denken, mit Emil, im Stadtpark, abends nach dem Konservatorium. Damals hatte er mit ihr auf einer Bank ausgeruht und zärtlich ihre Wangen berührt. War das nur einmal geschehen? Nein – viel öfter, freilich, zehn, zwanzigmal waren sie auf jener Bank gesessen, und er hatte ihr die Wange gestreichelt. Wie sonderbar, daß ihr das jetzt wieder einfiel!

An diese Spaziergänge hätte sie gewiß nie wieder gedacht, wenn nicht Richard zufällig – Aber wie lange ließ sie sich das noch gefallen? »Richard!« rief sie aus und öffnete die Augen. Da sah sie ihn so lächeln, daß sie meinte, Richard müßte ihre Erinnerungen erraten haben. Das war natürlich ganz unmöglich, denn man wußte ja hier kaum, daß sie den Violinvirtuosen Emil Lindbach kannte. Im übrigen, kannte sie selbst ihn denn heute noch? Der, an den sie jetzt dachte, war ja ein ganz anderer, das war der hübsche Junge, den sie als ganz junges Mädchen geliebt hatte. So schweiften ihre Gedanken immer weiter, in die Vergangenheit zurück, und es schien ihr ganz unmöglich, wieder in die Gegenwart zurückzukehren und mit den beiden Kindern zu plaudern. Sie sagte ihnen Adieu und ging.

Über den Straßen lag eine schwere Nachmittagssonne. Die Läden waren gesperrt, die Wege beinahe menschenleer. An den Tischchen vor dem Kaffeehaus auf dem Marktplatz saßen ein paar Offiziere. Berta sah nach den Fenstern des ersten Stockwerks, in welchem das Ehepaar Rupius wohnte. Sie war schon lange nicht bei ihnen gewesen, sie wußte ganz genau, seit wann: seit dem zweiten Weihnachtsfeiertag. Damals hatte sie Herrn Rupius allein zu Hause getroffen, und damals hatte er ihr erzählt, sein Leiden wäre unheilbar. Sie wußte nun auch, warum sie seitdem nicht bei ihm gewesen: ohne sich's einzugestehen, hatte sie eine Art Angst davor gehabt, diese Wohnung zu betreten, die sie damals in heftiger Bewegung verlassen. Heute war es ihr aber, als müßte sie hinauf; es schien ihr, als wenn im Lauf der letzten Tage sich irgendein Band zwischen ihr und dem Kranken geknüpft, und als wenn selbst der Blick, mit dem er sie gestern auf dem Spaziergang still betrachtet, etwas zu bedeuten gehabt hätte.

Als sie ins Zimmer eintrat, mußten ihre Augen sich erst an das Halbdunkel gewöhnen; die Rouleaus waren herabgelassen, und nur durch die obere Spalte fiel ein Sonnenstrahl gerade vor den weißen Ofen hin. An dem Tisch in der Mitte des Zimmers saß in einem Lehnstuhl Herr Rupius; vor ihm lagen aufgeschichtete Blätter, von denen er eben eines wegtat, um das nächste zu betrachten. Berta sah, daß es Stiche waren.

»Ich danke Ihnen«, sagte er, »daß Sie mich wieder einmal besuchen.« Er streckte ihr die Hand entgegen. »Sie sehen, womit ich da eben beschäftigt bin? Nun, es ist eine Sammlung von Stichen nach alten Niederländern. Glauben Sie mir, gnädige Frau, es ist ein großes Vergnügen, alte Stiche zu betrachten.«

»Oh freilich.«

»Sehen Sie, es sind sechs Bände, oder vielmehr sechs Mappen, jede zu zwanzig Blättern; ich werde wohl den ganzen Sommer brauchen, um sie wirklich zu kennen.«

Berta stand an seiner Seite und blickte auf den Stich, der eben vor ihm lag und der eine Jahrmarktsszene von Teniers darstellte. »Den ganzen Sommer«, sagte sie zerstreut.

Rupius wandte sich zu ihr. »Jawohl«, sagte er mit leicht zusammengepreßten Zähnen, als gälte es, einen Standpunkt zu verteidigen, »was ich eben heiße, ein Bild kennen. Darunter verstehe ich, ein Bild im Innern sozusagen nachzeichnen können, Linie für Linie. Dies hier ist ein Teniers, das Original hängt im Haag. Warum reisen sie nicht nach dem Haag, gnädige Frau, wo so schöne Teniers zu sehen sind und mancherlei anderes?«

Berta lächelte. »Wie kann ich daran denken, solche Reisen zu machen?«

»Nun freilich«, sagte Herr Rupius. »Der Haag ist sehr schön, ich war dort vor vierzehn Jahren; damals war ich achtundzwanzig, heut bin ich zweiundvierzig oder auch vierundachtzig.« – Er legte wieder ein Blatt zur Seite. »Das hier ist ein Ostade, ›der Pfeifenraucher‹. Nun ja, man sieht wohl, daß er eine Pfeife raucht. Original in Wien.«

»Ich glaube, an dieses Bild erinnere ich mich.«

»Wollen Sie sich nicht mir gegenübersetzen, gnädige Frau, oder hier an meine Seite, wenn Sie die Bilder mit mir ansehen wollen? Das hier ist ein Falckenborgh – wundervoll, nicht wahr? Nur ganz im Vordergrund scheint es so nichtig, so begrenzt; ja, nichts als ein Bauer, der mit einer Bäuerin tanzt, und da eine Alte, die sich darüber ärgert, und hier ein Haus, und aus der Türe tritt einer mit einem Eimer Wasser. Ja, das ist freilich nichts, aber da hinten, sehen Sie, da ist die ganze Welt, blaue Berge, grüne Städte, der Himmel drüber mit Wolken und nebstbei ein Tournier – haha! – es gehört wohl nicht dazu in gewissem Sinn, aber in einem anderen Sinn gehört es eben doch dazu. Denn Hintergründe sind überall, und darum ist es sehr richtig, daß hier gleich hinter dem Bauernhaus die Welt anfängt mit ihren Tournieren und ihren Bergen und Flüssen und Festungen und Weingärten und Wäldern.« Er zeigte mit einem kleinen, elfenbeinernen Papiermesser auf die einzelnen Partien des Bildes, von denen er eben sprach. »Gefällt's Ihnen? Es hängt auch in der Wiener Galerie. Sie müßten es kennen.«

»Es ist schon sechs Jahre, daß ich nicht mehr in Wien lebe, und auch viele Jahre vorher war ich nicht mehr im Museum.«

»So? Ich bin oft dort herumgegangen, auch vor diesem Bild bin ich gestanden. Ja, *gegangen* bin ich, früher einmal.« Er sah sie beinah lachend an, und sie konnte vor Befangenheit nicht antworten. Dann sprach er unvermittelt weiter: »Ich glaube, ich langweile Sie mit den Bildern. Warten Sie, meine Frau kommt gleich nach Hause. Sie wissen doch, daß sie jetzt nach Tisch immer zwei Stunden herumläuft? Sie fürchtet, zu stark zu werden.«

»Ihre Frau sieht so schlank und jung aus wie … Nun, ich finde, seit ich hier bin, hat sie sich gar nicht verändert.« Berta war es, als wenn das Antlitz von Rupius ganz starr würde. Dann sagte er plötzlich in harmlosem Tone, der zu seinem Gesichtsausdruck gar nicht stimmte:

»Das ruhige Leben in so einer kleinen Stadt, ja das erhält jung. Es war eine kluge Idee von mir und von ihr, denn es war eine gemeinschaftliche Idee von uns beiden, uns hierher zurückzuziehen. Wer weiß, in Wien wäre es schon ganz zu Ende.«

Berta konnte nicht erraten, wie er dieses »zu Ende« meinte, ob er es auf sein Leben, auf die Jugend seiner Frau oder sonst irgendwas bezog. Jedenfalls bedauerte sie, daß sie heute gekommen war; sie hatte ein Gefühl von Beschämung, so gesund zu sein.

»Hab' ich Ihnen gesagt«, fuhr Rupius fort, »daß ich diese Mappen von Anna bekommen habe? Ein Gelegenheitskauf, denn das Werk ist für gewöhnlich sehr teuer. Ein Buchhändler hatte es annonciert, und Anna telegraphierte gleich an ihren Bruder, er möge es für uns besorgen. Sie wissen ja, daß wir viele Verwandte in Wien haben, sowohl ich als Anna. Sie fährt auch zuweilen hinein, sie besuchen. Demnächst erhalten wir einen Gegenbesuch. Ich wäre schon erfreut, sie bei mir zu sehen, besonders Annas Bruder und Schwägerin; ich bin ihnen viel Dank schuldig. Wenn Anna in Wien ist, speist sie bei ihnen, schläft sie bei ihnen – nun, Sie wissen ja, gnädige Frau.« Er sprach rasch und dabei mit einem kühlen, geschäftsmäßigen Tonfall; es klang, als wenn er sich vorgenommen, diese Dinge jedem zu erzählen, der heute ins Zimmer träte. Es war das erstemal, daß er überhaupt mit Berta über die Reisen seiner Frau sprach.

»Morgen will sie wieder fahren«, sagte er. »Ich glaube, es handelt sich diesmal um die Sommertoilette.«

»Ich finde das sehr klug von Ihrer Frau«, sagte Berta, froh, eine Anknüpfung gefunden zu haben.

»Und nebstbei ist es billiger«, setzte Rupius hinzu. »Ich versichere Sie, selbst wenn Sie die Reise dazurechnen. Warum machen Sie's nicht auch so wie meine Frau?«

»Wie das, Herr Rupius?«

»Nun, in Hinsicht auf Ihre Kleider und Hüte! Auch Sie sind jung und hübsch.«

»O Gott, für wen soll ich mich schön anziehen?«

»Für wen? Für wen zieht sich denn meine Frau so hübsch an?«

Die Türe öffnete sich, und Frau Rupius trat ein, in einem hellen Frühjahrskleid, einen roten Sonnenschirm in der Hand und einen weißen Strohhut mit rotem Band auf dem dunklen, hoch frisierten Haar. Um ihren Mund war das freundliche Lächeln wie immer, und mit heiterer Ruhe begrüßte sie Berta. »Lassen Sie sich wieder einmal in unserm Hause sehen?« Das Dienstmädchen war hinter ihr eingetreten, Anna gab ihr Schirm und Hut. »Interessieren Sie sich auch für Bilder, Frau Garlan?« Sie trat näher hinter ihren Mann, strich ihm mit der Hand sanft über Stirn und Haar.

»Ich sprach eben Frau Garlan meine Verwunderung aus«, sagte Rupius, »daß sie niemals nach Wien fährt.«

»Wahrhaftig«, warf Frau Rupius ein, »warum tun Sie es nicht? Sie haben gewiß auch noch Bekannte dort. Fahren Sie einmal mit mir hinein, zum Beispiel morgen. Ja, morgen.«

Rupius blickte, während seine Frau so sprach, vor sich hin, als wagte er nicht, sie anzusehen.

»Frau Rupius, Sie sind wirklich sehr lieb«, sagte Berta, und es war ihr, als wenn ein ganzer Strom von Freude durch ihr Wesen ränne. Sie wunderte sich auch, daß sie nun so lange gar nicht an die Möglichkeit einer solchen Reise gedacht, die doch so leicht zu bewerkstelligen war und die ihr in diesem Augenblick wie ein Heilmittel gegen die sonderbare Mißstimmung erschien, unter der sie seit einigen Tagen litt.

»Nun, sind Sie einverstanden, Frau Garlan?«

»Ich weiß wirklich nicht – Zeit hätt’ ich wohl, morgen hab’ ich nur die eine Lektion bei meiner Schwägerin, die wird es ja nicht so genau nehmen; aber ob ich Sie nicht störe?«

Ein leichter Schatten flog über die Stirne von Frau Rupius. »Stören, was fällt Ihnen denn ein? Ich bin recht froh, die paar Stunden der Hin- und Rückfahrt in angenehmer Gesellschaft zu verbringen. Und in Wien – oh, sicher werden wir auch in Wien gemeinschaftliche Wege haben.«

»Ihr Herr Gemahl«, sagte Berta und errötete wie ein Mädchen, das vom ersten Ball spricht, »hat mir erzählt … hat mir geraten …«

»Er hat Ihnen sicher von meiner Schneiderin vorgeschwärmt«, sagte Frau Rupius lachend.

Rupius saß noch immer regungslos da und sah keine von den beiden an.

»Ja, ich möchte Sie wirklich bitten, Frau Rupius. Wenn ich Sie ansehe, bekomm’ ich Lust, mich auch wieder einmal so hübsch anzuziehen.«

»Das ist leicht zu machen«, sagte Frau Rupius. »Ich bringe Sie zu meiner Schneiderin, und so habe ich gleich die angenehme Hoffnung, auch meine nächsten Fahrten nicht allein machen zu müssen. Ich bin auch um deinetwillen froh«, sagte sie zu ihrem Mann, indem sie seine Hand berührte, die auf dem Tisch lag, »und um Ihretwillen«, wandte sie sich an Berta, »Sie werden sehen, wie Ihnen das wohltun wird. In Straßen herumlaufen, ohne daß einen jemand kennt, das ist wunderbar. Ich brauch’ es von Zeit zu Zeit. Ganz erfrischt komm’ ich immer zurück, und –« sie sah dabei ihren Mann von der Seite mit einem Blick voll Angst und Zärtlichkeit an, »bin dann hier so glücklich, als man nur sein kann, glücklicher als alle andern Frauen der Welt, glaub’ ich.« Sie näherte sich ihrem Mann und küßte ihn auf die Schläfe. Berta hörte, wie sie leise dazu sagte: »Liebster.« Er aber sah noch immer vor sich hin, als scheute er sich, dem Blick seiner Frau zu begegnen. Beide schwiegen und schienen in sich versunken, als wäre Berta gar nicht da. Berta fühlte dunkel, daß in der Beziehung zwischen diesen beiden Menschen irgend etwas Geheimnisvolles walte, das ganz zu verstehen sie nicht klug oder nicht erfahren oder nicht gut genug war. Minutenlang blieb es still, und Berta wurde so befangen, daß sie gern fortgegangen wäre; aber es war ja notwendig, über die morgige Reise näheres zu vereinbaren. Anna war es, die zu reden begann.

»So wollen wir also dabei bleiben, daß wir uns zum Frühzug auf dem Bahnhof treffen – ja? Und ich will es so einrichten, daß wir mit dem Abendzug um sieben wieder nach Hause fahren; in acht Stunden läßt sich ja viel besorgen.«

»Gewiß«, sagte Berta, »wenn Sie sich nur meinetwegen nicht im geringsten stören.«

Anna unterbrach sie beinahe ärgerlich. »Ich sagte Ihnen ja schon, wie froh ich bin, daß Sie mit mir fahren, um so mehr, als mir keine Frau in der Stadt so sympathisch ist als Sie.«

»Ja«, sagte Herr Rupius, »das kann ich bestätigen. Sie wissen ja, daß meine Frau beinah nirgends hier verkehrt, – und da Sie nun so lange nicht bei uns waren, hatt' ich schon Angst, sie verliert nun auch Sie.«

»Wie können Sie das nur denken! aber Herr Rupius! Und Sie, Frau Rupius, Sie haben doch nicht geglaubt« – Berta fühlte eine überströmende Liebe für beide in diesem Augenblick. Sie war so gerührt, daß sie Tränen in der eigenen Stimme aufsteigen spürte.

Frau Rupius lächelte seltsam und überlegen. »Ich habe gar nichts geglaubt, überhaupt denk' ich über gewisse Dinge nicht weiter nach. Mein Bedürfnis nach Verkehr ist ja nicht groß, aber Sie, Frau Berta, hab' ich wirklich lieb.« Sie reichte ihr die Hand. Berta warf einen Blick auf Rupius; ihr war es, als müßte sie nun auf seinem Gesicht einen Ausdruck der Befriedigung gewahren, aber zu ihrer Verwunderung schaute er mit einem beinah entsetzten Blick in die Ecke des Zimmers.

Das Stubenmädchen kam mit dem Kaffee. Das weitere über die Einteilung des morgigen Tags wurde besprochen und endlich ein ziemlich genauer Stundenplan festgestellt, den Berta in ihrem kleinen Notizbuch eintrug, worüber Frau Rupius ein wenig lächelte.

Als Berta wieder auf die Straße kam, hatte sich der Himmel bewölkt, und die steigende Schwüle deutete auf ein nahes Gewitter. Noch bevor sie zu Hause angelangt war, fielen die ersten großen Tropfen, und sie geriet in einige Besorgnis, als sie, oben angelangt, das Dienstmädchen und ihren Kleinen nicht daheim fand; aber als sie sich zum Fenster stellte, um es zu schließen, sah sie beide laufend daherkommen. Der erste Donnerschlag ertönte, und sie fuhr zusammen; zugleich leuchtete ein Blitz.

Das Gewitter war kurz, aber ungewöhnlich heftig. Berta saß im Schlafzimmer auf ihrem Bett, hielt ihren Buben auf dem Schoß und erzählte ihm eine Geschichte, damit er keine Angst hätte; dabei war ihr zumute, als bestände ein gewisser Zusammenhang zwischen dem, was sie heut und gestern erlebt und dem Ungewitter. Nach einer halben Stunde war alles vorüber. Berta öffnete das Fenster, die Luft war abgekühlt, der dämmernde Himmel klar und fern. Berta atmete auf; sie war wie durchdrungen von einem Gefühl des Friedens und der Hoffnung.

Es war Zeit, sich für das Gartenkonzert bereit zu machen. Als sie hinkam, fand sie die Gesellschaft schon an einem großen Tisch unter einem Baum versammelt. Berta hatte die Absicht, ihrer Schwägerin gleich zu sagen, daß sie morgen nach Wien fahren wolle, aber eine Scheu, als wäre diese Reise etwas Verbotenes, hielt sie davon zurück. Herr Klingemann ging mit seiner Wirtschafterin an ihrem Tisch vorüber. Die Wirtschafterin war ein nicht mehr junges, sehr üppiges Weib, größer als Klingemann, und sah im Gehen immer aus, als wenn sie schliefe. Klingemann grüßte mit übertriebener Höflichkeit, die Herren dankten kaum, die Frauen taten, als wenn sie den Gruß nicht bemerkten. Nur Berta nickte leicht und sah den beiden nach. Richard, der neben seiner Tante saß, flüsterte ihr zu: »Das ist seine Geliebte – ja, ganz bestimmt, ich weiß es.«

Man aß und trank und plauderte; zuweilen kamen Bekannte von anderen Tischen, setzten sich auf eine Weile dazu und gingen wieder an ihre Plätze. Die Musik rauschte um Berta, ohne irgendeinen Eindruck auf sie zu machen; sie war ununterbrochen mit dem Gedanken beschäftigt, wie sie ihren Plan mitteilen sollte. Plötzlich, während die Musik sehr laut spielte, sagte Berta zu Richard: »Du, morgen hast du keine Stunde, ich fahre nach Wien.«

»Nach Wien?« sagte Richard, und er rief es hinüber zu seiner Mutter: »Du, die Tante fährt morgen nach Wien.«

»Wer fährt nach Wien?« fragte Garlan, der am entferntesten saß.

»Ich«, sagte Berta.

»Ei, ei«, sagte Garlan und drohte scherzhaft mit dem Finger.

So war es also abgetan. Berta freute sich darüber. Richard machte Späße über die Leute, die im Garten saßen, auch über den dicken Kapellmeister, der während des Dirigierens immer hüpfte, dann über einen Trompeter, der dicke Backen bekam und zu weinen schien, wenn er blies. Berta mußte sehr viel lachen. Man scherzte über ihre gute Laune, und Doktor Friedrich bemerkte, sie fahre sicher zu einem Rendezvous nach Wien.

»Das möcht' ich mir aber verbieten!« rief Richard so zornig, daß die Heiterkeit eine allgemeine wurde. Nur Elly blieb ernst und sah ihre Tante ganz erstaunt an.

Berta sah durch das offene Kupeefenster in die Landschaft hinaus, Frau Rupius las in einem Buch, das sie sehr bald nach der Abfahrt des Zugs aus der kleinen Reisetasche herausgenommen; es hatte beinah den Anschein, als wollte sie ein längeres Gespräch mit Berta vermeiden, und diese war ein wenig gekränkt. Sie hatte schon lange den Wunsch gehegt, die Freundin der Frau Rupius zu sein, aber seit gestern war es wie eine Sehnsucht geworden, die sie an die Schwärmerei von Kinderfreundschaften zurückdenken ließ. Sie war so anfangs ganz unglücklich gewesen und hatte ein Gefühl von Verlassenheit gehabt, aber bald begannen die wechselnden Bilder vor dem Fenster sie angenehm zu zerstreuen. Während sie auf die Geleise schaute, die ihr entgegenzulaufen schienen, auf die Hecken und Telegraphenstangen, die an ihr vorbeischwebten und -sprangen, erinnerte sie sich der paar kurzen Reisen ins Salzkammergut, die sie als Kind mit den Eltern gemacht hatte, und an das namenlose Vergnügen, wenn sie damals am Waggonfenster sitzen konnte. Dann blickte sie ins Weite, freute sich am Leuchten des Flusses, an den gefälligen Windungen der Hügel und Wiesen, am Blau des Himmels und an den weißen Wolken. Nach einiger Zeit legte Anna wieder ihr Buch weg, fing mit Berta an zu plaudern und lächelte ihr zu wie einem Kind.

»Wer uns das vorausgesagt hätte«, sagte Frau Rupius.

»Daß wir zusammen nach Wien –?«

»Nein, nein; daß wir beide unser Leben dort« – sie wies mit einer leichten Bewegung des Kopfes in die Gegend, aus der sie kamen – »wie soll ich sagen? verbringen oder beschließen werden.«

»Freilich, freilich«, sagte Berta. Sie hatte noch nicht daran gedacht, daß das eigentlich sonderbar wäre.

»Nun, Sie wußten es doch von dem Augenblick an, da Sie heirateten, aber ich –« Frau Rupius sah vor sich hin.

Berta fragte: »Sie sind also erst in die kleine Stadt gezogen, als … als –« Sie unterbrach sich verlegen.

»Ja, Sie wissen's doch.« Dabei schaute sie Berta voll ins Gesicht, als wenn sie ihr diese Frage verwiese. Aber dann setzte sie, mild lächelnd, fort, als wäre das, woran sie dachte, gar nicht so traurig: »Ja, ich habe nicht geahnt, daß ich je Wien verlassen würde; mein Mann hatte seine Stellung als Beamter im Ministerium, er hätte sie gewiß noch längere Zeit behalten können trotz seines Leidens, aber er wollte eben fort.«

»Er dachte wohl, die gute Luft, die Stille –« begann Berta und spürte gleich, daß sie nichts sehr Kluges sagte.

Aber Anna antwortete ganz freundlich: »Nicht das, weder Ruhe, noch Klima kann da helfen; aber er dachte, es wäre in jeder Hinsicht besser für uns beide. Er hatte auch recht, was sollten wir noch in der großen Stadt?«

Berta fühlte, daß Anna ihr nicht alles sagte; sie hätte sie bitten mögen, ihr doch ihr ganzes Herz aufzuschließen, aber eine solche Bitte mit den rechten Worten auszusprechen, dazu wußte sie sich nicht geschickt genug. Und als hätte Frau Rupius erraten, daß Berta gern mehr erfahren wollte, ging sie rasch auf etwas anderes über, fragte sie nach ihrem Schwager, nach den musikalischen Talenten ihrer Schüler, nach ihrer Unterrichtsmethode; dann nahm sie wieder ihren Roman und ließ Berta allein. Einmal sah sie von dem Buch auf und fragte: »Haben Sie sich denn nichts zum Lesen mitgenommen?«

»Oh ja«, antwortete Berta. Es fiel ihr plötzlich ein, daß sie die Zeitung mit hatte; sie nahm sie und blätterte eifrig auf. Man näherte sich Wien. Frau Rupius klappte ihr Buch zusammen und tat es in die Reisetasche. Sie sah Berta mit einer gewissen Zärtlichkeit an, wie ein Kind, das man nun bald in ein Ungewisses Schicksal entlassen muß. »Noch eine Viertelstunde«, sagte sie, »dann sind wir – nun hätt' ich beinah gesagt: zu Hause.«

Die Stadt lag vor ihnen. Jenseits des Flusses ragten Schlote in die Höhe, langgestreckte, gelb angestrichene Häuser reihten sich aneinander, Türme stiegen auf. Über allem lag die milde Maisonne.

Berta klopfte das Herz. Sie hatte das Gefühl, wie wenn man nach langen Jahren in eine ersehnte Heimat zurückkehrt, die sich seitdem wahrscheinlich sehr verändert hat, wo allerlei Geheimnisse und Überraschungen warten. In dem Augenblick, als der Zug in die Halle fuhr, kam sie sich beinahe mutig vor.

Die Frauen nahmen einen Wagen und fuhren in die Stadt. Als sie den Ring passierten, beugte sich Berta plötzlich aus dem Fenster; sie sah einem jungen Mann nach, dessen Gestalt und Gang sie an Emil Lindbach erinnerte. Sie wünschte, der junge Mann möchte sich umwenden, aber sie verlor ihn aus dem Auge, ohne daß es geschehen wäre.

Vor einem Hause auf dem Kohlmarkt hielt der Wagen; die beiden Frauen stiegen aus und begaben sich in den dritten Stock, wo sich das Atelier der Schneiderin befand. Während Frau Rupius probierte, ließ sich Berta Stoffe vorlegen und traf eine Wahl, die Mamsell nahm ihr Maß, und es wurde bestimmt, daß Berta heute über acht Tage sich zur Probe einfinden sollte. Frau Rupius kam aus dem Nebenzimmer und empfahl den Auftrag ihrer Freundin besonderer Sorgfalt. Berta schien es, als werde sie von allen mit etwas spöttischen, beinah mitleidigen Blicken betrachtet, und im großen Wandspiegel gewahrte sie plötzlich, daß sie recht geschmacklos angezogen war. Was war ihr aber nur eingefallen, sich für den heutigen Tag in den provinziellen Sonntagsstaat zu werfen, statt eines ihrer einfachen, glatten Kleider zu tragen wie sonst? Sie wurde rot vor Beschämung. Sie hatte eine schwarz-weiß gestreifte Toilette aus Foulard, die in ihrem Schnitt um drei Jahre zurück war, und einen übertriebenen, nach vorn aufgebogenen hellen, mit Rosen aufgeputzten Hut, der ihre zierliche Gestalt drückte und beinah lächerlich machte. Und als hätte es noch einer Bestätigung durch ein tröstendes Wort bedurft, sagte ihr Frau Rupius im Hinuntergehen: »Sie sehen doch sehr hübsch aus.«

Sie standen im Torweg.

»Was nun?« fragte Frau Rupius. »Was haben Sie vor?«

»Wollen Sie mich denn … ich meine …« Berta war ganz erschrocken, sie kam sich wie ausgesetzt vor.

Frau Rupius sah sie mit freundlichem Mitleid an.

»Ich denke«, sagte sie, »daß Sie nun Ihre Cousine besuchen werden, nicht wahr? Und ich nehme an, daß man Sie dort zum Essen behält?«

»Natürlich wird mich Agathe zu Tisch einladen.«

»Ich werde Sie bis hin führen, wenn es Ihnen recht ist, dann geh' ich zu meinem Bruder, und wenn's mir möglich ist, hol' ich Sie um drei Uhr nachmittags ab.«

Sie gingen zusammen durch die belebtesten Straßen der inneren Stadt und betrachteten die Auslagen. Der Lärm hatte anfangs etwas Verwirrendes für Berta, dann wirkte er eher angenehm auf sie. Sie sah die Leute an, die vorübergingen, und der Anblick der eleganten Herren und hübsch angezogenen Damen bereitete ihr großes Vergnügen. Die Leute schienen überhaupt alle neue Kleider anzuhaben, und ihr war, als sähen hier alle viel glücklicher aus als daheim. Jetzt blieb sie vor der Auslage eines Kunsthändlers stehen, und ihr Auge fiel gleich auf ein bekanntes Bild; es war dasjenige Emil Lindbachs aus der illustrierten Zeitung. Berta war so erfreut, als hätte sie einen Bekannten getroffen. »Den kenn' ich«, sagte sie zu Frau Rupius.

»Wen?«

»Den hier.« Sie wies mit dem Finger auf die Photographie. »Denken Sie, mit dem bin ich zugleich ins Konservatorium gegangen.«

»So?« fragte Frau Rupius. Berta sah sie an und merkte, daß sie dem Bild gar keine Aufmerksamkeit geschenkt hatte, sondern über irgend etwas nachdachte. Berta war aber froh darüber, denn es schien ihr, als hätte in ihrer Stimme zu viel Wärme gelegen. Zugleich regte sich ein ganz leichter Stolz in ihr, daß der Mann, dessen Bild hier in der Auslage hing, als ganz junger Mensch in sie verliebt gewesen war und sie geküßt hatte. Mit einem Gefühl innerer Zufriedenheit ging sie weiter. Nach kurzer Zeit war sie in der Riemerstraße vor dem Haus ihrer Cousine.

»Also es bleibt dabei«, sagte sie, »nicht wahr, daß Sie mich um drei abholen?«

»Ja«, entgegnete Frau Rupius, »das heißt, – nun, wenn ich mich ein wenig verspäten sollte, halten Sie sich meinetwegen keineswegs länger bei Ihrer Cousine auf, als Ihnen angenehm ist; es bleibt jedenfalls dabei: um sieben Uhr abends auf dem Bahnhof. Auf Wiedersehen.« Sie gab Berta die Hand und ging rasch. Berta sah ihr befremdet nach. Sie kam sich wieder so verlassen vor wie in der Eisenbahn, da Frau Rupius ihren Roman gelesen hatte.

Dann ging sie die zwei Treppen hinauf. Sie hatte die Cousine von ihrem Kommen nicht benachrichtigt und bekam eine leise Angst, daß sie ungelegen sein könnte. Seit vielen Jahren hatte sie Agathe nicht mehr gesehen, und die Korrespondenz zwischen ihnen war recht sparsam geführt worden.

Agathe empfing sie nicht anders, als wären sie gestern zum letztenmal beisammen gewesen, ohne Verwunderung und ohne Herzlichkeit. Um Bertas Lippen war schon das Lächeln gewesen, wie man es hat, wenn man jemandem eine Überraschung zu bereiten glaubt; sie unterdrückte es gleich.

»Du bist ja ein recht seltener Gast«, sagte Agathe, »und läßt gar nichts von dir hören.«

»Aber Agathe, du bist mir ja noch einen Brief schuldig, seit drei Monaten.«

»So?« fragte Agathe. »Nun, mich mußt du entschuldigen, du kannst dir denken, was einem drei Kinder zu tun geben. Hab' ich dir geschrieben, daß Georg schon in die Schule geht?« Agathe führte ihre Cousine in die Kinderstube, wo Georg und die zwei kleinen Mädchen von der Bonne eben ihr Mittagessen vorgeteilt erhielten. Berta stellte einige Fragen an sie, aber die Kinder waren sehr scheu, und das kleinste Mädchen begann sogar zu weinen. Endlich sagte Agathe zu Georg: »Bitte doch Tante Berta, daß sie das nächstemal Fritz mitbringt.«

Berta fiel es auf, wie alt ihre Cousine in den letzten Jahren geworden. Wahrhaftig, wenn sie sich zu den Kindern beugte, sah sie beinahe aus wie eine alte Frau, und Berta wußte, daß sie selbst nur um ein Jahr jünger war als Agathe.

Als sie wieder ins Speisezimmer zurückkehrten, war alles erschöpft, was sie einander zu erzählen hatten, und als Agathe Berta zu Tisch einlud, schien sie es nur gesagt zu haben, um überhaupt etwas zu reden. Berta nahm trotzdem an, und die Cousine ging in die Küche, um einige Aufträge zu erteilen. Berta sah sich im Zimmer um, das sparsam und geschmacklos eingerichtet war. Es war recht dunkel, da die Gasse sehr eng war. Berta nahm ein Album vor, das auf dem Tisch lag; darin fand sie beinahe lauter bekannte Gesichter: gleich im Anfange die Eltern Agathens, die längst tot waren, dann die Bilder ihrer eigenen Eltern und die ihrer für sie fast verschollenen Brüder, Bilder gemeinschaftlicher Jugendbekannter, von denen sie beinah nichts mehr wußte, und endlich ein Bild, dessen Vorhandensein sie schon ganz vergessen hatte: sie und

415

28

Agathe gemeinschaftlich als ganz junge Mädchen. Damals hatten sie einander sehr ähnlich gesehen und waren sehr befreundet gewesen, Berta erinnerte sich mancher intimen Mädchengespräche, die sie damals geführt hatten. – Und dieses bildhübsche Ding mit den aufgesteckten Zöpfen war jetzt beinah eine alte Frau. Und sie selbst? Warum hielt sie sich denn noch immer für eine junge? Erschien sie nicht vielleicht anderen so wie Agathe ihr? Sie nahm sich vor, nachmittags auf die Blicke zu achten, mit welchen sie von Vorübergehenden betrachtet würde. Es wäre schrecklich, wenn sie auch schon so alt aussähe wie ihre Cousine! Nein, es war ganz lächerlich, das zu glauben! Ihr Neffe fiel ihr ein, der sie immer die »schöne Tante« nannte, – die Fensterpromenade Klingemanns von gestern Abend, – ja, sogar die Erinnerung an die Liebenswürdigkeiten ihres Schwagers beruhigte sie. Und als sie in den Spiegel sah, der ihr gegenüber hing, blickten ihr zwei helle Augen aus einem frischen und faltenlosen Gesicht entgegen, und es war ihr Gesicht und ihre Augen.

Als Agathe wieder hereinkam, begann Berta von den fernen Jugendjahren zu sprechen, aber es schien, als hätte Agathe ihre früheren Beziehungen geradezu vergessen, als hätten die Ehe, die Mutterschaft, die Sorgen des Alltags mit der Jugend auch die Erinnerung daran ausgelöscht. Wie jetzt Berta von einem Studentenkränzchen zu reden begann, das sie zusammen besucht, von jungen Leuten, die Agathen den Hof gemacht, von einem gewissen anonymen Blumenstrauß, den Agathe einmal geschickt bekommen hatte, lächelte sie anfangs wie abwesend, dann sah sie Berta an und sagte: »Daß du dich noch an alle die Dummheiten erinnerst.«

Der Gatte Agathens kam aus der Kanzlei nach Hause. Er war recht grau geworden. Im ersten Augenblick schien er Berta nicht zu erkennen, dann verwechselte er sie mit einer anderen Dame und entschuldigte sich mit seinem schlechten Personengedächtnis. Bei Tisch spielte er den Gewandten, er fragte in einer gewissen überlegenen Art nach den Zuständen der kleinen Stadt und meinte scherzend, ob Berta nicht wieder zu heiraten gedächte. An diesen Neckereien beteiligte sich auch Agathe, während sie zugleich ihren Gatten, der dem Gespräch eine frivole Wendung zu geben suchte, gelegentlich durch Blicke zurechtwies. Berta fühlte sich unbehaglich. Später machte Agathens Gatte eine Anspielung, aus der hervorging, daß seine Frau wieder Mutterfreuden entgegensah. Aber während Berta sonst für Frauen in solchen Umständen ein Gefühl der Sympathie hatte, war sie hier fast unangenehm berührt. Auch lag in der Art, wie der Gatte davon sprach, keine Spur von Liebe, sondern eher ein gewisser alberner Stolz erfüllter Pflicht. Er sprach so davon, als wenn es eine besondere Liebenswürdigkeit von ihm wäre, daß er sich bei all seiner Beschäftigung und trotzdem Agathe nicht mehr schön war, dazu verstand, bei ihr zu schlafen. Berta hatte das Gefühl, hier in eine unreinliche Geschichte eingeweiht zu werden, die sie nichts anging. Sie war froh, als der Gatte gleich nach eingenommener Mahlzeit ging, – es war seine Gewohnheit, »sein einziges Laster«, wie er lächelnd sagte, nach Tisch eine Stunde im Kaffeehaus Billard zu spielen.

Berta blieb mit Agathe allein.

»Ja«, sagte Agathe, »nun steht mir das wieder einmal bevor.« Und nun begann sie in einer geschäftsmäßigen, kühlen Art von ihren früheren Entbindungen zu reden, mit einer Aufrichtigkeit und Schamlosigkeit, die Berta um so mehr auffiel, als sie einander doch so fremd geworden waren. Aber während Agathe weitersprach, fuhr Berta plötzlich der Gedanke durch den Sinn, wie schön es sein müßte, von einem Mann, den man liebt, ein Kind zu bekommen. Sie hörte nicht mehr auf die widerwärtigen Reden ihrer Cousine, sie dachte nur mehr an die unendliche Sehnsucht, die sie selbst manchmal in ganz jungen Jahren überkommen, Mutter zu werden, und sie erinnerte sich eines Augenblicks, da diese Sehnsucht tiefer gewesen war als jemals früher oder später. Es war an einem Abend, da Emil Lindbach sie vom Konservatorium aus nach Hause begleitete, ihre Hand in der seinen. Sie wußte noch, daß es ihr damals zu schwindeln begonnen, und daß sie in jenem einzigen Momente verstanden hatte, was die Phrase besagen wollte, die sie zuweilen in Romanen gelesen: »er hätte aus ihr machen können, was er wollte«.

Jetzt merkte sie, daß es im Zimmer ganz still geworden und daß Agathe in der Ecke des Divans lehnte und zu schlafen schien. Auf der Wanduhr war es drei. Wie unangenehm, daß Frau Rupius noch nicht da war! Berta trat zum Fenster und blickte auf die Straße. Dann wandte sie sich nach Agathe um, die die Augen wieder geöffnet hatte. Berta versuchte rasch ein neues Gespräch zu beginnen und erzählte von der Toilette, die sie vormittags bestellt, aber Agathe war zu schläfrig, sie antwortete gar nicht mehr. Berta wollte nicht lästig fallen und nahm Abschied. Sie beschloß auf der Straße Frau Rupius zu erwarten. Agathe schien sehr froh, während Berta sich zum Fortgehen ankleidete, wurde herzlicher, als sie die ganze Zeit über gewesen, und sagte an der Tür, als wäre eine Erleuchtung über sie gekommen: »Wie die Zeit vergeht! Ich hoffe, du läßt dich bald wieder anschauen.«

Als Berta vor dem Haustor stand, wußte sie, daß sie vergeblich auf Frau Rupius wartete. Gewiß war es von Anfang an deren Absicht gewesen, den Nachmittag ohne Berta zu verbringen, es brauchte ja weiter nichts Böses dabei zu sein, und war auch sicher nichts Böses dabei. Es kränkte Berta nur, daß Anna so wenig Vertrauen zu ihr hatte. Berta spazierte planlos weiter; es lagen noch mehr als drei Stunden vor ihr, ehe sie auf den Bahnhof sollte. Zuerst ging sie wieder in der inneren Stadt spazieren. Es war wirklich angenehm, so ganz unbeobachtet, als Fremde unter den Leuten herumzugehen. Lange hatte sie dieses Vergnügen nicht mehr gekostet. Von einigen Herren wurde sie mit Interesse betrachtet, ja manchmal blieb einer stehen und sah ihr nach. Es tat ihr leid, daß sie so unvorteilhaft angezogen war, und sie freute sich, bald das schöne Kleid aus dem Atelier der Wiener Schneiderin zu bekommen. Sie hätte gewünscht, von irgend jemandem verfolgt zu werden. Plötzlich fuhr ihr durch den Sinn: wenn sie Emil Lindbach begegnete, ob er sie erkennen würde? Welche Frage! Aber solche Zufälle gibt es nicht – nein, sie war ganz sicher, sie konnte tagelang in Wien herumgehen, nie würde sie ihm begegnen. Wie lange hatte sie ihn nicht gesehen? Sieben – acht Jahre ... Ja, zwei Jahre vor ihrer Verheiratung hatte sie ihn das letztemal gesehen. Sie war mit ihren Eltern an einem warmen Sommerabend im Prater im Schweizerhaus gewesen, mit einem Freund war er vorübergegangen und ein paar Minuten an ihrem Tisch stehen geblieben. Ah, nun besann sie sich darauf, daß auch der junge Arzt an ihrem Tisch gesessen war, der sich um sie bewarb. Was Emil damals gesprochen, wußte sie nicht mehr, doch erinnerte sie sich, daß er die ganze Zeit, während er vor ihr gestanden, seinen Hut in der Hand gehalten, was ihr unsagbar gefiel. Ob er das heute auch täte, wenn sie ihm begegnete? Wo mochte er jetzt wohnen? Zu jener Zeit hatte er ein Zimmer auf der Wieden gehabt, nah von der Paulanerkirche ... ja, er hatte ihr das Fenster gezeigt, als sie einmal vorübergingen, und bei dieser Gelegenheit eine Bemerkung gewagt – des Wortlauts entsann sie sich nicht mehr, aber der Sinn war bestimmt der gewesen, daß sie mit ihm in diesem Zimmer zusammen sein sollte. Sie hatte ihn damals sehr streng zurechtgewiesen, ja, sie hatte erwidert, wenn er so von ihr dächte, wäre alles aus. Und er sprach wirklich nie wieder davon. Ob sie das Fenster wiedererkannte? Ob sie es fände? Wahrhaftig, ob sie hier spazieren ging oder dort, das war doch einerlei. Sie ging rasch, als ob sie plötzlich ein Ziel gefunden, der Wieden zu. Sie staunte, wie sich hier alles verändert hatte. Wie sie von der Elisabethbrücke aus hinunterschaute, sah sie Mauern, die aus dem Wienbett aufstiegen, halbfertige Geleise, kleine Waggons in Bewegung und beschäftigte Arbeiter. Bald hatte sie die Paulanerkirche erreicht, auf demselben Weg, den sie in früherer Zeit so oft gegangen. Aber nun hielt sie inne; sie konnte sich durchaus nicht mehr besinnen, wo Emil gewohnt hatte, ob sie rechts, ob sie links gehen müsse. Sonderbar, wie gänzlich ihr das entfallen war! Sie ging langsam wieder zurück, bis zum Konservatorium. Dort blieb sie stehen. Oben waren die Fenster, von denen aus sie so oft die Kuppel der Karlskirche betrachtet, und sehnsüchtig das Ende der Stunde erwartet hatte, um mit Emil zusammenzutreffen. Wie lieb hatte sie ihn doch gehabt, und wie sonderbar war es, daß es so ganz aufhören konnte! Sie ging nun hier herum als Witwe, war es schon jahrelang, hatte daheim ein Kind, das heranwuchs, – und wenn sie gestorben wäre, Emil hätt' es gar nicht erfahren, oder vielleicht erst Jahre später. Ihr Auge fiel auf ein großes Plakat, das auf das Eingangstor geheftet war. Das Konzert war angekündigt, in dem auch er mitwirken würde, und hier stand sein Name unter vielen anderen großen, von denen sie manche seit lang mit stiller Scheu bewundert: »Brahms' Violinkonzert, vorgetragen von dem königlich bayrischen Kammervirtuosen Emil Lindbach.« – Bayrischer Kammervirtuose, das hatte sie gar nicht gewußt. Es war ihr, als könnte der, dessen Name hier auf sie herableuchtete, im nächsten Moment aus der Einfahrt heraustreten, den Violinkasten in der Hand, die Zigarette zwischen den Lippen. So nah war das alles plötzlich und schien noch näher, als mit einemmal von oben die langgezogenen Striche einer Violine zu ihr heruntertönten, wie sie sie damals so oft gehört. Sie wollte zu diesem Konzert nach Wien hereinfahren – ja, und wenn sie auch eine Nacht im Hotel verbringen müßte! Und sie würde sich weit vorne hinsetzen und ihn ganz in der Nähe sehen. Ob er sie auch sehen und sie erkennen würde? Sie stand noch immer vor dem gelben Plakat, ganz versunken, bis sie sich von ein paar jungen Leuten, die aus der Einfahrt herauskamen, angestarrt fühlte und nun auch wußte, daß sie die ganze Zeit gelächelt hatte wie in einem schönen Traum. Sie setzte ihren Weg fort. Auch die Gegend um den Stadtpark hatte sich verändert, und als sie die Stellen suchte, wo sie damals mit ihm herumgegangen war, fand sie

sie ganz zerstört: Bäume waren ausgeholzt, Planken verwehrten den Weg, der Boden war aufgerissen, und vergeblich suchte sie die Bank zu finden, wo sie mit Emil verliebte Worte gewechselt, an deren Ton sie sich so gut und an deren eigentlichen Inhalt sie sich gar nicht mehr erinnerte. Sie gelangte nun in den gut erhaltenen, wohlgepflegten Teil des Parks, der voll Menschen war. Aber sie hatte die Empfindung, daß manche Leute sie betrachteten und einige Damen über sie lachten, und sie kam sich wieder sehr kleinstädtisch vor, ärgerte sich über ihre eigene Verlegenheit und dachte an die Zeit, da sie als hübsches junges Mädchen unbefangen und stolz durch solche Alleen gegangen war. Sie kam sich jetzt so herabgesunken, so bedauernswert vor. Der Einfall, im großen Musikvereinssaal in der ersten Reihe zu sitzen, erschien ihr verwegen, beinah unausführbar. Es war ihr jetzt auch sehr unwahrscheinlich, daß Emil Lindbach sie noch erkennen würde, ja es schien ihr fast unmöglich, daß er sich noch ihrer Existenz erinnern könnte. Was hatte er seitdem alles erlebt! Wie viele Frauen und Mädchen mochten ihn wohl geliebt haben, und in ganz anderer Art als sie. Und während sie weiter ging, nun durch weniger belebte Alleen endlich wieder hinaus auf die Ring-straße, sah sie den Geliebten ihrer Jugend in allerlei Abenteuern vor sich, in die wirre Erinnerungen aus gelesenen Romanen und unklare Vorstellungen von seinen Kunstreisen im Ausland seltsam hineinspielten. Sie dachte sich ihn in Venedig, in einer Gondel mit einer russischen Fürstin, dann wieder sah sie ihn am Hofe des bayrischen Königs, wo Herzoginnen seinem Spiel lauschten und sich in ihn verliebten, dann erschien er ihr im Boudoir einer Opernsängerin, dann auf einem Mas-kenball in Spanien, von verführerischen Masken umschwärmt. Und in je weitere Fernen er unnahbar und beneidenswert entschwebte, um so ärmlicher erschien sie sich selbst, und sie begriff es mit einemmal nicht mehr, wie leicht sie damals ihre eigenen Hoffnungen, ihre künstlerische Zukunft und den Geliebten aufgegeben, um ein sonnenloses Dasein zu führen und in der Menge zu verschwinden. Es war wie ein Schauer, der sie erfaßte, als sie sich darauf besann, daß sie nichts anderes war als die Witwe eines unansehnlichen Menschen, die in einer kleinen Stadt lebte, sich mit Klavierlektionen fortbrachte und langsam das Alter herankom-men sah. Niemals hatte sie auch nur einen Strahl von dem Glanz auf ihrem Weg gefunden, in dem der seine dahinlief, solang er lebte. Und mit dem gleichen Schauer dachte sie daran, wie sie sich immer an ihrem Schicksal hatte genügen lassen, wie sie ohne Hoffnung, ja ohne Sehnsucht in einer Dumpfheit, die ihr in diesem Augenblick unerklärlich erschien, ihr ganzes Dasein hingebracht.

Sie war zur Aspernbrücke gekommen, ohne nur auf den Weg zu achten. Hier wollte sie die Straße übersetzen, aber sie mußte warten, da eine große Anzahl von Wagen vorüberfuhr. In den meisten saßen Herren, von denen viele Feldstecher trugen; sie wußte: die kamen aus dem Prater, vom Rennen. Jetzt kam eine elegante Equipage, darinnen ein Herr mit einer jungen Frau in weißer Frühjahrstoilette saß; gleich darauf ein Wagen mit zwei auffallend gekleideten Damen. Berta sah ihnen lang nach: eine wandte sich um, und zwar nach einem Wagen, der gleich hinten nachfuhr und in dem ein junger, sehr hübscher Mann in einem langen, grauen Überzieher lehnte. Berta empfand etwas sehr Schmerzliches, Unruhe und Ärger zugleich; sie hätte die Dame sein wollen, welcher der junge Mann nach fuhr, sie hätte schön, jung, unabhängig, ach Gott, sie hätte irgendein Weib sein wollen, das tun kann, was es will und sich nach Männern umwenden, die ihm gefallen. Und in diesem Augenblick wußte sie ganz bestimmt, daß Frau Rupius jetzt mit jemandem zusammen war, den sie lieb hatte. Freilich, warum sollte sie's nicht sein? Sie war ja, wenigstens solang sie in Wien lebte, frei, Herrin ihrer Zeit, – und dabei war sie sehr hübsch, und ein duftiges, violettes Kleid hatte sie an, und um ihren Mund war ein Lächeln, das man gewiß nur haben kann, wenn man glücklich ist – und zu Hause ist sie nicht glücklich. Und mit einemmal sah Berta Herrn Rupius vor sich, wie er daheim in seinem Zimmer saß und Stiche betrachtete. Aber heut' tut er es sicher nicht, nein, heute zittert er zu Hause um seine Frau, in einer ungeheuren Angst, daß man sie ihm dort, in der großen Stadt wegnimmt, daß sie nie wieder zurückkommt, und daß er ganz allein bleibt mit seinem Jammer. Und Berta hatte plötzlich ein Mitleid für ihn wie nie zuvor. Ja, sie wäre am liebsten bei ihm gewesen, um ihn zu trösten und ihn zu beruhigen.

Sie fühlte, wie jemand ihren Arm berührte. Sie zuckte zusammen und sah auf. Ein junger Mann stand neben ihr und schaute sie frech an. Sie starrte ihm noch ganz zerstreut ins Aug', da sagte er: »Na«, und lachte. Berta erschrak und lief beinahe, rasch einem Wagen zuvorkommend, über die Straße. Sie schämte sich ihres Wunsches von früher, die Dame im Wagen zu sein. Es schien ihr, als wäre die Unverschämtheit jenes Menschen die Strafe dafür. Nein, nein, sie ist eine anständige Frau, alles Freche ist ihr im Grund ihrer Seele zuwider – nein, sie könnte in Wien

421

gar nicht mehr leben, wo man solchen Dingen ausgesetzt ist! Eine
Sehnsucht nach dem Frieden ihres kleinen Hauses überkommt sie, und
sie freut sich auf das Wiedersehen mit ihrem Buben wie auf etwas un-
erhört Schönes. – Wie spät ist es denn? Um Himmels willen, dreiviertel
sieben! Sie muß einen Wagen nehmen; darauf kommt es ja nicht mehr
an. Den Wagen heut' morgen hat ja Frau Rupius bezahlt, also kostet
sie der, den sie jetzt nehmen wird, sozusagen nur die Hälfte. Sie setzt
sich in einen offnen Fiaker, sie lehnt in der Ecke, beinah geradeso vor-
nehm, wie sie von jener Dame in dem weißen Kleid gesehen. Die Leute
schaun sie an. Sie weiß, daß sie jetzt hübsch und jung aussieht, und
dabei fühlt sie sich so sicher, es kann ihr nichts geschehen. Das rasche
Dahinsausen auf den Gummirädern bereitet ihr ein unsägliches Vergnü-
gen. Wie hübsch wird es sein, wenn sie das nächstemal in dem neuen
Kleid und mit dem kleinen Strohhut, der sie so jung macht, wieder im
Wagen durch die Stadt fährt. Sie freut sich, daß Frau Rupius am Eingang
des Bahnhofes steht und sie ankommen sieht, doch sie verrät nichts
von ihrem Stolz, sondern tut, als wenn es ganz selbstverständlich wäre,
im Fiaker beim Bahnhof vorzufahren.

»Wir haben noch zehn Minuten Zeit«, sagt Frau Rupius. »Sind Sie
mir sehr böse, daß ich Sie habe warten lassen? Denken Sie, bei meinem
Bruder war heute große Kinderjause, und die Kleinen wollten mich ab-
solut nicht fortlassen. Zu spät fiel mir ein, daß ich Sie eigentlich holen
lassen könnte; die Kinder hätten Ihnen viel Spaß gemacht, und ich habe
meinem Bruder schon gesagt, daß ich nächstesmal Sie und Ihren Buben
hinaufbringe.«

Berta schämte sich sehr. Wie unrecht hatte sie dieser Frau wieder
getan! Sie konnte ihr nur die Hand drücken und sagen: »Ich danke Ih-
nen, Sie sind sehr lieb.«

Sie traten auf den Perron und stiegen in ein Kupee, das ganz leer
war. Frau Rupius hatte ein Päckchen mit Kirschen in der Hand und aß
langsam eine nach der anderen, die Kerne warf sie zum Fenster hinaus.
Als der Zug sich in Bewegung setzte, lehnte sie sich zurück und schloß
die Augen, Berta sah zum Fenster hinaus; sie fühlte sich recht müde
von dem vielen Herumgehen, ein leichtes Unbehagen stieg in ihr auf,
sie hätte diesen Tag anders verbringen können, ruhiger, vergnügter. Die
kühle Aufnahme und das langweilige Mittagessen bei ihrer Cousine fiel
ihr ein. Es war doch recht traurig, daß sie gar keine Bekannten mehr
in Wien hatte. Wie eine Fremde war sie in dieser Stadt herumgeirrt, in

der sie sechsundzwanzig Jahre gelebt hatte. Warum? Und warum hatte sie heute früh den Wagen nicht halten lassen, als sie jene Gestalt gesehen, die Ähnlichkeit mit Emil Lindbach zu haben schien? Freilich sie hätte nicht nachlaufen können, nicht nachrufen, – aber wenn er es wirklich gewesen wäre, wenn er sie erkannt, wenn er sich gefreut hätte, sie wiederzusehen? Und sie wären miteinander herumspaziert und hätten einander von der langen Zeit erzählt, die sie durchlebt, ohne voneinander zu wissen, und sie wären miteinander in ein vornehmes Restaurant gegangen, zu Mittag speisen, und einige hätten ihn natürlich gekannt, und sie hörte ganz genau, wie sich die Leute darüber unterhielten, wer »sie« eigentlich wäre. Sie sah auch schön aus, das neue Kleid war schon fertig, und die Kellner bedienten sie mit großer Höflichkeit, besonders ein kleiner Junge, der den Wein brachte, – aber das war eigentlich ihr Neffe, der selbstverständlich hier Kellnerjunge geworden war, statt zu studieren. Plötzlich traten in den Saal Herr und Frau Doktor Martin, sie hielten einander so innig umschlungen, als wenn sie ganz allein wären, da stand Emil auf, nahm den Geigenbogen, der neben ihm lag, und hob ihn gebieterisch, worauf der Kellner das Ehepaar Martin zur Tür hinausjagte. Darüber mußte Berta lachen, viel zu laut, denn sie hatte schon ganz verlernt, wie man sich in einem vornehmen Restaurant benimmt. Aber es ist ja gar nicht vornehm, es ist einfach die Gaststube »Zum roten Apfel«, und die Militärkapelle spielt irgendwo, ohne daß man sie sieht. Das ist nämlich eine Kunst des Herrn Rupius, daß Militärkapellen spielen können, ohne daß man sie sieht. Jetzt aber kommt gleich ihre Nummer dran. Hier ist das Klavier, – aber sie hat ja gewiß das Klavierspielen längst verlernt, sie wird lieber entfliehen, damit man sie nicht zwingt. Und gleich ist sie auf dem Bahnhof, Frau Rupius erwartet sie schon und sagt: Es ist höchste Zeit, – und sie gibt ihr ein großes Buch in die Hand, das ist nämlich die Fahrkarte. Doch Frau Rupius fährt gar nicht weg, sie setzt sich auf eine Bank, ißt Kirschen und spuckt die Kerne auf den Stationschef, der sich darüber sehr freut. Berta steigt ins Kupee, – Gott sei Dank, daß Klingemann schon da ist! – er winkt ihr mit gekniffenen Augen zu und sagt: Wissen Sie, was das für ein Leichenzug ist? Und Berta sieht, daß auf dem anderen Gleise ein Leichenwagen steht. Sie erinnert sich nun, daß der Hauptmann gestorben ist, mit dem die Tabaktrafikantin den Herrn Klingemann betrogen hat, – natürlich: darum war heute das Konzert im »Roten Apfel«. Plötzlich bläst ihr Herr Klingemann auf die Augen, lacht, daß es dröhnt,

423

Berta schlägt die Augen auf – da saust eben ein Zug am Fenster vorbei.
Sie schüttelt sich. – Was für wirre Träume! Und fing es nicht sehr schön
an? Sie versucht, sich zu besinnen. Ja, Emil spielte eine Rolle … aber
sie weiß nicht mehr, welche.

Die Dämmerung bricht langsam herein. Der Zug fährt die Donau
entlang. Frau Rupius schläft und lächelt, vielleicht auch stellt sie sich
nur schlafend; der leise Verdacht in Berta kommt von neuem, und ein
Neid gegen das Unbekannte, Geheimnisvolle, das Frau Rupius erlebt,
steigt in ihr auf. Sie möchte auch etwas erleben. Sie wünscht, daß jetzt
irgend jemand neben ihr säße, seinen Arm an den ihren gedrängt, – sie
möchte wieder dasselbe empfinden wie damals, als sie mit Emil am
Wienufer stand, und ihr die Sinne beinah vergehen wollten, und sie
sich nach einem Kinde sehnte … Ah, warum ist sie so allein, so arm,
so im Dunkeln? Sie möchte den Geliebten ihrer Jugend anflehen: Küß
mich nur noch einmal wie damals, ich möchte glücklich sein!

Es ist dunkel, Berta sieht in die Nacht hinaus.

Noch heute, bevor sie schlafen geht, wird sie die kleine Tasche vom
Boden holen, in der die Briefe ihrer Eltern und Emils aufbewahrt sind.
Sie sehnt sich, daheim zu sein. Es ist ihr, als sei eine Frage in ihrer
Seele aufgewacht, auf die zu Hause die Antwort wartet.

Als Berta am späten Abend in ihr Zimmer trat, kam ihr der Einfall,
noch jetzt allein auf den Boden hinaufzugehen und die Tasche herunter-
zuholen, beinahe abenteuerlich vor. Sie fürchtete, daß man im Hause
ihre nächtige Wanderung bemerken und sie für verrückt halten möchte.
Sie konnte es ja morgen ohne Aufsehen, in größter Bequemlichkeit tun,
und so schlief sie mit der Empfindung eines Kindes ein, dem für den
folgenden Tag ein Ausflug aufs Land versprochen ist.

Am nächsten Vormittag hatte sie mancherlei zu tun; häusliche Be-
schäftigungen und die Klavierlektionen nahmen den Vormittag in An-
spruch. Ihrer Schwägerin mußte sie von ihrer Wiener Reise berichten.
Sie erzählte, daß sie mit ihrer Cousine nachmittags spazieren gegangen
wäre, und stellte die Sache so dar, als hätte sie auf Ersuchen der Cousine
der Frau Rupius abgeschrieben.

Erst nachmittags ging sie auf den Dachboden und holte die verstaubte
Reisetasche herunter, die neben einem Koffer und zwei Kisten lag – alles
zusammen von einem alten, rotgeblümten, zerschlissenen Kaffeetuch
überdeckt. Berta wußte, daß sie sie das letztemal aufgeschlossen, um

Briefschaften aufzubewahren, die ihre Eltern hinterlassen hatten. Als sie die Tasche in ihrem Zimmer öffnete, erblickte sie auch vor allem eine Anzahl von Briefen ihrer Brüder und andere mit unbekannten Schriftzügen; dann fand sie ein wohlgesichtetes Päckchen, die spärlichen Briefe ihrer Eltern an sie enthaltend; zwei Haushaltungsbücher ihrer Mutter, ein kleines Heft aus ihrer eigenen Schulzeit, darin sie Stundenpläne und Aufgaben eingezeichnet, dann einige Damenspenden von den Bällen, die sie als junges Mädchen besucht, und endlich, in blaues Seidenpapier gewickelt, das an einigen Stellen eingerissen war, Emils Briefe. Nun wußte sie sich auch auf den Tag zu besinnen, da sie diese das letztemal in der Hand gehabt, ohne sie zu lesen; das war, als ihr Vater schon krank gelegen und sie tagelang gar nicht aus dem Haus gekommen war. Sie legte das Päckchen beiseite. Sie wollte zuerst alles andere sehen, was hier noch aufbewahrt und worauf sie sehr neugierig war. Ganz lose lag eine Anzahl von Briefen auf dem Grund der Tasche, einige im Kuvert, andere ohne Hülle; sie blickte wahllos den einen und den anderen an. Es waren Briefe von alten Freundinnen, ein paar von ihrer Cousine, und hier einer von dem Arzte, der sich seinerzeit um sie beworben; er enthielt die Bitte um den ersten Walzer auf dem Medizinerkränzchen. Und hier – was war denn das? Ja, das war der anonyme Brief, den ihr einer ins Konservatorium geschickt. Sie nahm ihn zur Hand: »Mein Fräulein! Ich hatte gestern wieder das Glück, Sie auf Ihrem täglichen Weg zu bewundern, ich weiß nicht, ob auch ich das Glück hatte, von Ihnen bemerkt zu werden.« Nein, dieses Glück hatte er nicht gehabt. Dann kamen noch drei Seiten, auf denen sie angeschwärmt wurde; kein Wunsch, kein kühnes Wort. Auch hatte sie nie wieder etwas von dem Schreiber gehört. Und hier ein Brief, mit zwei Initialen unterschrieben: M.G. – Das war dieser Unverschämte gewesen, der sie auf der Straße angesprochen und ihr in diesem Brief Anträge gestellt hatte – ja, welche denn nur? Ah, hier war die Stelle, die ihr damals das Blut in den Kopf getrieben: »Seit ich Sie gesehen, seit Sie Ihren strengen und doch so verheißenden Blick auf mich gerichtet hielten, hab' ich nur mehr einen Traum, eine Sehnsucht: diese Augen küssen zu dürfen!« – Sie hatte natürlich nicht geantwortet; es war die Zeit gewesen, in welcher sie Emil liebte. Ja, sie hatte sogar daran gedacht, ihm diesen Brief zu zeigen, aber die Angst vor seiner Eifersucht hielt sie zurück. Nie hatte Emil von M.G. etwas erfahren. – Und das weiche Band, das ihr jetzt in die Hände geriet –? Eine Schleife … Aber sie wußte nicht, woran sie die erinnern sollte.

Und hier wieder ein kleines Tanzalbum, wo die Namen ihrer Tänzer eingetragen waren. Sie versuchte, sich der Personen zu erinnern, aber vergeblich. Und dabei war ja gerade auf diesem Ball einer gewesen, der ihr so glühende Worte gesagt hatte wie nie ein anderer. Es war ihr, als tauchte der plötzlich wie ein Sieger auf unter den vielen Schatten, die sie umschwebten. Ja, das war schon zu der Zeit gewesen, da Emil und sie einander seltener sahen. Wie sonderbar war das ... oder hatte sie es nur geträumt? Dieser Glühende drückte sie während des Tanzes an sich, – und sie wehrte sich gar nicht, und fühlte seine Lippen auf ihrem Haar, und es war unglaublich schön ... Ja, und weiter? – Sie hatte ihn nie wiedergesehen. Es war ihr plötzlich, als hätte sie in jener Zeit doch vieles und Seltsames erlebt, und wie in ein Staunen versank sie, daß alle diese Erinnerungen so lang in der alten Reisetasche und in ihrer Seele geschla-

426 fen hatten ... Doch nein! Manchmal hatte sie an alle diese Dinge gedacht: an Leute, die ihr den Hof gemacht, an den anonymen Brief, an den glühenden Tänzer, an die Spaziergänge mit Emil, – aber als wenn es weiter nichts Besonderes, als wenn es eben die Vergangenheit wäre, die Jugend, die jedem Mädchen beschieden ist und aus der sie in das stille Frauenleben eingeht. Heute aber schien ihr, als wären diese Erinnerungen zugleich uneingelöste Versprechungen, als lägen in jenen fernen Erlebnissen verkümmerte Schicksale, ja als wäre irgendein Betrug an ihr verübt worden, seit lang, von dem Tage an, da sie geheiratet, bis zum heutigen Tag, und als wäre sie zu spät darauf gekommen, stünde nun da und könnte nichts mehr tun. Doch wie war denn das? ... An alle diese Nichtigkeiten dachte sie, und hier neben ihr lag noch immer, in Seidenpapier eingewickelt, der Schatz, um dessentwillen sie ja in der alten Tasche herumgekramt, die Briefe des einzigen, den sie geliebt hatte, die Briefe aus der Zeit, da sie glücklich gewesen. Wie viele mochten sie heute darum beneiden, daß gerade dieser sie einmal geliebt, – anders, besser, keuscher sie als alle anderen nach ihr. Und sie fühlte sich am tiefsten betrogen, weil sie, die seine Frau hätte sein können, wenn ... wenn ... Ihre Gedanken stockten. Rasch, wie um sich von Zweifel, ja von Angst zu befreien, riß sie das Seidenpapier herab und griff nach den Briefen. Und sie las, las einen nach dem anderen. Die kurzen und die langen, die kleinen Zettel mit den flüchtigen Worten: »Morgen Abend sieben Uhr, mein Schatz!« oder: »Liebste, nur einen Kuß, bevor ich schlafen gehe!« und die seitenlangen, von der Reise aus geschrieben, wenn er im Sommer mit seinen Kollegen Fußwanderungen

machte, oder andere, in denen er ihr abends seinen Eindruck von einem
Konzert, gleich nach dem Nachhausekommen, mitzuteilen sich gedrängt
fühlte; dann die endlosen, wo er Zukunftspläne entwickelte: wie sie zu-
sammen durch Spanien und Amerika reisen wollten, berühmt und
glücklich ... las sie alle, alle, einen nach dem anderen, wie von einem
unauslöschlichen Durst gepeinigt – las sie vom ersten, mit welchem er
ein paar Notenhefte begleitet, bis zum letzten, der zweieinhalb Jahre
später datiert war und nichts enthielt als einen Gruß aus Salzburg –
und als sie zu Ende war, ließ sie die Hände sinken und starrte auf die
herumliegenden Blätter. Warum war dies der letzte Brief? Wie hatte es
geendet? Wie hatte es enden können? Wie war es möglich, daß diese
große Liebe schwinden konnte? Es war nie zu einem Bruch, nie zu einer
Auseinandersetzung gekommen, und irgend einmal war es aus gewesen.
Wann? ... sie wußte es nicht. Denn damals, als jene Karte aus Salzburg
kam, hatte sie ihn noch geliebt, im Herbst hatte sie ihn noch gesehen,
– ja im nächsten Winter darauf schien alles noch einmal aufzublühen.
Sie erinnerte sich gewisser Spaziergänge auf knirschendem Schnee, Arm
in Arm, bei der Karlskirche; – wann aber war es das letztemal gewesen?
Sie hatten ja niemals Abschied voneinander genommen ... Sie verstand
es nicht. Wie hatte sie so leicht auf ein Glück verzichten können, das
zu halten doch in ihrer Macht gewesen wäre? Wie hatte sie aufgehört,
ihn zu lieben? Hatte die dumpfe Alltäglichkeit, die zu Hause auf ihr
gelastet, von dem Augenblick an, da sie das Konservatorium verlassen,
wie ihren Ehrgeiz so auch ihr Fühlen eingeschläfert? Hatten die unzu-
friedenen Bemerkungen ihrer Eltern über den aussichtslosen Verkehr
mit dem blutjungen Violinspieler so ernüchternd auf sie gewirkt? Und
jetzt fiel ihr ein, daß er auch noch später einmal einen Besuch bei ihnen
abgestattet, nachdem sie ihn monatelang nicht gesehen, und sie im
Vorzimmer geküßt hatte. Ja, das war das letztemal gewesen. Und nun
besann sie sich auch, wie sie damals gespürt, daß seine Beziehungen zu
den Frauen andere geworden sein, daß er Dinge erlebt haben mußte,
von denen sie nichts wissen durfte, – aber sie hatte darüber keinen
Schmerz empfunden. Und sie fragte sich: wie wäre alles geworden, wenn
sie damals kein so tugendhaftes Mädchen gewesen, wenn sie das Leben
so leicht genommen hätte wie andere? Eine Kollegin fiel ihr ein, mit
der sie den Verkehr aufgegeben, weil sie ein Verhältnis mit einem
Schauspielschüler gehabt hatte. Und sie erinnerte sich wieder jenes
kühnen Wortes von Emil, als er mit ihr an seinem Fenster vorüberging,

und jener Sehnsucht, während sie am Wienufer standen. Unbegreiflich erschien ihr, daß jenes Wort damals nicht lebhafter in ihr nachgewirkt hatte, daß jene Sehnsucht nur einmal und auf so kurze Zeit in ihr erwacht war. Mit einer Art von ratlosem Staunen dachte sie an die Zeit jener unbeirrten Jungfräulichkeit, und mit plötzlichem, peinvollem Schamgefühl, das ihr das Blut in die Schläfen jagte, an die kühle Bereitwilligkeit, mit der sie sich einem Manne hingegeben, den sie nie geliebt hatte. Und das Bewußtsein, daß das ganze Glück, das sie als Frau genossen, darin enthalten war, in den Armen jenes Ungeliebten zu liegen, durchschauerte sie das erstemal in seinem ganzen Jammer. Das also war für sie das Leben gewesen, das ersehnte, geheimnisvolle Glück? ... Und ein dumpfer Unwille begann in ihr zu wühlen, der sich gegen alle möglichen Dinge und Menschen wandte, gegen Tote und Lebendige. Sie zürnte ihrem verstorbenen Mann, ihren hingeschiedenen Eltern, ärgerte sich über die Leute, unter denen sie hier lebte und unter deren Augen sie sich nichts hätte erlauben dürfen; sie kränkte sich über Frau Rupius, die nicht so freundlich gegen sie war, daß sie an ihr einen Halt hätte finden können, sie haßte Klingemann, weil er häßlich und widerwärtig war und sie doch begehrte, und endlich wallte es heftig in ihr auf gegen den Geliebten ihrer Jugend, weil er nicht frecher gewesen, weil er ihr das letzte Glück vorenthalten und ihr nichts zurückgelassen hatte als Erinnerungen voll Duft, aber voll Qual. Da saß sie nun in ihrem einsamen Zimmer, unter den vergilbten Denkzeichen einer nutzlos und freudlos verbrachten Jugend, hart an der Grenze einer Zeit, da es keine Hoffnungen und keine Wünsche mehr gibt – unter den Händen war ihr das Dasein zerronnen, und sie war durstig und arm.

Sie packte die Briefe und alles Übrige zusammen, warf sie zerknüllt in die Tasche, versperrte diese und trat ans Fenster. – Der Abend war nah. Eine weiche Luft kam von den Weingeländen zu ihr gezogen; vor ihren Augen flimmerte es von ungeweinten Tränen der Erbitterung, nicht des Schmerzes. Was sollte sie nun tun? Sie, die Tage, Nächte, Monate, Jahre ohne Erwartung, ohne Angst sich in der Zukunft hatte dehnen sehen, schauerte vor der Leere des Abends, der vor ihr lag.

Es war die Stunde, um die sie sonst von ihrem Spaziergang heimzukehren pflegte; heute hatte sie das Kindermädchen mit ihrem Buben fortgeschickt, – sie sehnte sich nicht einmal nach ihm, ja für einen Augenblick fiel es selbst auf dieses Kind wie ein Strahl von dem Zorn, den sie gegen die ganze Menschheit und ihr Schicksal fühlte, und in ihrer ungeheuren Unzufriedenheit wurde sie von Neid gepackt auf viele Leute, die ihr sonst gar nicht beneidenswert erschienen waren. Sie beneidete Frau Doktor Martin um die Zärtlichkeit ihres Gatten; die Tabaktrafikantin, die von Herrn Klingemann und von dem Hauptmann geliebt wurde; ihre Schwägerin, weil sie schon alt, Elly, weil sie noch jung war; sie beneidete das Dienstmädchen, das drüben auf einem Holzbalken mit einem Soldaten saß und das sie lachen hörte. Sie hielt es zu Hause nicht länger aus, nahm Strohhut und Schirm und eilte auf die Straße. Da wurde ihr etwas wohler. In ihrem Zimmer hatte sie sich unglücklich gefühlt, jetzt war sie nur mehr verdrießlich.

In der Hauptstraße begegnete ihr Herr und Frau Mahlmann, deren Kindern sie Klavierunterricht gab. Die Frau wußte schon, daß Berta gestern bei einer Schneiderin in Wien ein Kleid bestellt hatte, und dieser Umstand wurde jetzt von ihr mit großer Wichtigkeit behandelt. Später traf Berta ihren Schwager, der ihr aus der Kastanienallee entgegenkam und ihr sagte: »Du warst ja gestern in Wien, was hast du denn dort gemacht? Hast du ein Abenteuer gehabt?«

»Wie?« fragte Berta und sah ihn ganz erschrocken an, als wäre sie ertappt worden.

»Nein? Nicht? Du warst ja mit Frau Rupius, gewiß sind euch alle Herren nachgelaufen.«

»Was fällt dir denn ein, Schwager? Frau Rupius benimmt sich tadellos; sie ist eine der feinsten Damen die ich kenne.«

»Ja, ja, ich sage nichts gegen Frau Rupius und sage nichts gegen dich.«

Sie sah ihm ins Gesicht; in seinen Augen war ein Glanz wie manchmal, wenn er ein bißchen zu viel getrunken hatte. Sie mußte daran denken, daß irgendwer einmal prophezeit hatte, Herrn Garlan würde der Schlag treffen.

»Ich muß auch nächstens einmal wieder in die Stadt«, sagte er, »ja; ich bin seit dem Aschermittwoch nicht mehr drin gewesen, will wieder einmal einige von meinen Kunden besuchen. Ihr könnt mich nächstens einmal mitnehmen, Frau Rupius und du.«

»Mit Vergnügen«, sagte Berta. »Ich muß nächstens doch wieder hinein, um zu probieren.«

Garlan lachte. »Ja, da kannst du mich mitnehmen, wenn du probierst.« Er ging näher neben ihr als notwendig. Es war seine Art, sich immer an sie heranzudrängen, und auch seine Späße war sie gewohnt; aber heute war ihr alles das besonders zuwider. Es ärgerte sie sehr, daß gerade dieser Mensch stets in einer so verdächtigenden Weise über Frau Rupius sprach.

»Setzen wir uns«, sagte Herr Garlan, »wenn es dir recht ist.« Sie ruhten beide auf einer Bank aus, Garlan nahm die Zeitung aus der Tasche.

»Ah«, sagte Berta unwillkürlich.

»Willst du sie haben?« fragte Garlan.

»Hat sie deine Frau schon gelesen?«

»Ach was«, sagte Garlan wegwerfend. »Willst du sie haben?«

»Wenn du sie entbehren kannst.«

»Für dich mit Vergnügen. Wir können sie ja auch zusammen lesen.« Er rückte näher an Berta heran und blätterte auf.

Herr und Frau Martin kamen Arm in Arm und blieben stehen.

»Nun, schon wieder zurück von der großen Reise?« fragte Herr Martin.

»Ach ja, Sie waren in Wien«, sagte Frau Martin, indem sie sich an ihren Gatten schmiegte. »Und mit Frau Rupius?« fügte sie bei, als wenn das eine Verschärfung bedeutete.

Jetzt mußte Berta wieder von ihrer neuen Toilette berichten. Sie tat es schon ein bißchen mechanisch, aber sie fühlte doch, daß sie seit langer Zeit nicht so interessant gewesen war wie heute. Klingemann kam vorüber, grüßte mit spöttischer Höflichkeit und wandte sich nach Berta mit einem Blick um, in welchem sein Bedauern ausgedrückt schien, daß sie mit solchen Leuten verkehren müßten. Es war Berta, als hätte sie heute die Gabe, in den Blicken der Menschen zu lesen.

Es begann zu dunkeln. Man machte sich gemeinschaftlich auf den Rückweg. Berta wurde plötzlich besorgt, weil sie ihren Buben nicht getroffen hatte. Sie ging vorn mit Frau Martin. Diese lenkte das Gespräch auf Frau Rupius. Sie wollte durchaus herausbekommen, ob Berta nicht irgend etwas bemerkt hätte.

»Aber was denn, Frau Martin? Ich habe Frau Rupius zu ihrem Bruder begleitet und sie von dort wieder abgeholt.«

»Und sind Sie überzeugt, daß Frau Rupius die ganze Zeit bei ihrem Bruder war?«

»Ich weiß wirklich nicht, was man Frau Rupius zumutet! Wo sollte sie denn gewesen sein?«

»Nun«, sagte Frau Martin, »Sie sind wirklich naiv – oder stellen Sie sich nur so? Vergessen Sie denn ganz ...« Und jetzt flüsterte sie Frau

Berta eine Bemerkung zu, über die diese ganz rot wurde. Nie hatte sie von einer Frau einen solchen Ausdruck vernommen. Sie war entrüstet. »Frau Martin«, sagte sie, »auch ich bin noch keine alte Frau, und Sie sehen, daß man sehr gut so leben kann.«

Frau Martin wurde etwas verlegen. »Nun ja, nun ja«, sagte sie, »Sie müssen eben denken, daß ich ein bißchen verwöhnt bin.«

Berta fürchtete, daß ihr Frau Martin noch nähere Aufschlüsse geben könnte, und war sehr froh, daß man eben an die Straßenecke gekommen war, wo sie sich verabschieden durfte.

»Berta!« rief ihr ihr Schwager nach, »deine Zeitung!« Berta wandte sich rasch um und nahm das Blatt. Dann eilte sie nach Hause. Ihr Bub erwartete sie schon am Fenster. Sie ging rasch hinauf. Sie umarmte und küßte ihn, als hätte sie ihn wochenlang nicht gesehen. Sie fühlte, daß sie ganz in der Liebe zu ihrem Kind aufging, was sie zugleich mit Stolz erfüllte. Sie ließ sich von ihm erzählen, wie er den Nachmittag verbracht, wo er gewesen, mit wem er gespielt, teilte ihm sein Nachtmahl vor, entkleidete ihn, brachte ihn zu Bett und war zufrieden mit sich. Wie an einen Fieberanfall dachte sie an ihren Zustand vom heutigen Nachmittag, da sie in alten Briefen gewühlt, ihr Schicksal verflucht und sogar die Tabaktrafikantin beneidet hatte. Sie aß mit gutem Appetit und legte sich früh zu Bett. Bevor sie aber einschlief, wollte sie noch die Zeitung lesen; sie streckte sich aus, knüllte den weichen Polster zusammen, damit ihr Kopf höher läge, und brachte das Blatt der Kerze so nah als möglich. Sie durchflog wie gewöhnlich zuerst die Theater- und Kunstnachrichten. Aber auch die »Kleinen Anzeigen« hatten seit dem Wiener Ausflug neues Interesse für sie bekommen, sowie der Lokalbericht. Schon begannen ihr die Lider zu sinken, als sie mit einemmal unter den Personalnachrichten den Namen Emil Lindbach entdeckte. Sie öffnete die Augen weit, setzte sich im Bett auf und las: »Der königlich bayrische Kammervirtuose Emil Lindbach, über dessen große Erfolge am spanischen Hofe wir kürzlich zu berichten in der Lage waren, ist von der Königin von Spanien durch Verleihung des Erlöserordens ausgezeichnet worden.«

Ein Lächeln ging über ihr Gesicht. Sie freute sich. Emil Lindbach hatte den Erlöserorden bekommen ... ja ... derselbe, dessen Briefe sie heute gelesen, ... derselbe, der sie geküßt, – derselbe, der ihr einmal geschrieben, er würde nie eine andere anbeten als sie ... ja, Emil – der einzige Mensch von allen auf der Erde, der sie eigentlich noch etwas anging – außer ihrem Buben natürlich. Es war ihr, als stände diese

Notiz nur für sie in der Zeitung, ja als hätte Emil dieses Mittel gewählt, um sich mit ihr zu verständigen. Ob nicht doch er es war, den sie gestern von weitem, von rückwärts gesehen? Sie kam sich mit einemmale ihm so nah vor, sie lächelte noch immer und flüsterte vor sich hin: »Herr Emil Lindbach, königlich bayrischer Kammervirtuose … ich gratuliere Ihnen …« Ihre Lippen blieben halb offen. Eine Idee war ihr plötzlich gekommen. Sie stand rasch auf, nahm ihren Schlafrock um, ging mit dem Licht vom Nachtkästchen ins Nebenzimmer, setzte sich an den Tisch und schrieb folgende Zeilen mühelos, als stände irgendwer neben ihr, der ihr diktierte:

»Lieber Emil!

Eben lese ich in der Zeitung, daß Du von der Königin von Spanien durch die Verleihung des Erlöserordens ausgezeichnet wurdest. Ich weiß nicht, ob Du Dich noch meiner erinnerst« – sie lächelte, als sie diese Worte niederschrieb – »aber ich will doch diese Gelegenheit nicht vorübergehen lassen, ohne Dir zu Deinen vielen Erfolgen zu gratulieren, von denen ich mit Vergnügen so oft lese. Ich lebe in der kleinen Stadt, wo mich das Schicksal hin verschlagen hat, sehr zufrieden; es geht mir ganz gut. Du würdest durch ein paar Antwortzeilen sehr glücklich machen

Deine alte Freundin Berta.

PS. Viele Grüße auch von meinem kleinen Fritz (fünf Jahre).«

Sie war zu Ende. Einen Augenblick fragte sie sich, ob sie erwähnen sollte, daß sie Witwe wäre; aber das, wenn er es nicht wußte, ging ja mit Deutlichkeit aus ihrem Brief hervor. Sie überlas ihn noch einmal und nickte befriedigt. Sie schrieb die Adresse. »Herrn Emil Lindbach, kgl. bayr. Kammer-Virtuosen, Besitzer des Erlöser-Ordens …« Sollte sie das schreiben? Er hatte gewiß noch viele andere. »Wien …« Aber wo wohnte er denn jetzt? Doch das war gleichgültig bei einem so berühmten Namen. Und dann, diese Ungenauigkeit in der Adressierung zeigte auch, daß sie selbst der ganzen Sache nicht gar so viel Wert beilegte; kam der Brief an, nun, um so besser. Es war auch eine Art, das Schicksal zu versuchen … ja – wie sollte sie aber mit Bestimmtheit wissen, ob der Brief angekommen war? Die Antwort konnte doch auch ausbleiben, wenn … Nein, nein, gewiß nicht! Er wird ihr doch danken. – So, nun zu Bett. Sie hielt den Brief in der Hand. Nein, sie konnte sich jetzt nicht schlafen legen, sie war wieder ganz wach; und überdies, wenn sie den Brief erst morgen früh aufgäbe, so konnte er erst mit dem Mittagszug fort, und Emil erhielt ihn übermorgen. Das war endlos lang. Eben hat sie zu ihm gesprochen, und erst in sechsunddreißig Stunden soll er es hören …? Wenn sie jetzt noch zur Post … nein, auf den Bahnhof ginge? Dann könnte er den Brief morgen um zehn Uhr haben. Er schläft ja gewiß sehr lang, man wird ihm den Brief mit dem Frühstück ins Zimmer bringen, schon morgen früh … Ja, so muß es geschehen! Sie kleidete sich rasch wieder an. Sie eilte über die Treppe hinunter – es war noch nicht spät, – rasch durch die Hauptstraße zum Bahnhof, den Brief in den gelben Kasten, und wieder zurück. Als sie in ihrem Zimmer stand, neben dem aufgewühlten Bett, und sie die Zeitung auf dem Boden liegen, die Kerze flackern sah, schien es ihr, als kehrte sie von einem seltsamen Abenteuer zurück; sie blieb noch lange auf dem Bettrand sitzen, durchs Fenster in die helle Sternennacht schauend, und war ganz erfüllt von unbestimmten, freundlichen Erwartungen. –

»Meine liebe Berta!

Ich kann dir gar nicht sagen, wie sehr ich mich über Deinen Brief gefreut habe. Denkst Du denn wirklich noch an mich? Wie komisch, daß gerade ein Orden der Anlaß für mich sein muß, wieder einmal was von Dir zu hören! Na, immerhin, so hat wenigstens auch ein Orden einmal einen Sinn gehabt. Also danke herzlich für die Gratulation. Im übrigen, kommst du nicht einmal nach Wien? Es ist doch nicht gar so weit. Ich möcht' mich riesig freuen, Dich wiederzusehen. Also komm' bald! Von Herzen Dein alter

Emil.«

Berta saß beim Frühstück, ihr Bub neben ihr, plaudernd, ohne daß sie auf ihn hörte, und dieser Brief lag vor ihr auf dem Tisch. Es war wie ein Wunder. Vorgestern nachts hatte sie den ihren auf die Post gegeben, und heute früh war dieser schon da. Emil hatte keinen Tag, nein, keine Stunde vergehen lassen! Und so herzlich hatte er ihr geschrieben, als wären sie gestern von einander gegangen. Sie sah zum Fenster hinaus. Was für ein herrlicher Morgen! Draußen sangen die Vögel, und von den Hügeln kam der Duft des Frühsommers heran geweht. Berta las den Brief wieder und wieder. Dann nahm sie den Buben, hob ihn in die Höhe und küßte ihn ab. Sie war glücklich, wie seit lang nicht.

Während sie sich ankleidete, überlegte sie. Heute war Donnerstag, Montag sollte sie wieder nach Wien, probieren; das wären vier lange Tage; gerade so lang wie von dem Tag an, da sie bei ihrem Schwager zu Mittag speiste, bis heute – und was da alles dazwischen lag! Nein, sie mußte Emil früher sehen. Sie konnte ja schon morgen hineinfahren und ein paar Tage in der Stadt bleiben. Was aber sollte sie hier den Leuten sagen? ... Ah, sie wird schon eine Ausrede finden! – Das Wichtigere ist, in welcher Weise sie ihm antworten und wo sie ihn wiedersehen sollte ... Sie kann ihm nicht schreiben: Ich komme und bitte dich, mir zu sagen, wo ich dich sehen kann ... Am Ende antwortet er ihr: Komm zu mir ... nein, nein, nein! Das beste ist, sie stellt ihn einer Tatsache gegenüber. Sie wird ihm schreiben: Ich komme an dem und dem Tage nach Wien und bin da und dort zu finden ... Oh, wenn sie nur jemand hätte, mit dem sie über alles das reden könnte ... Sie dachte an Frau Rupius – sie hatte eine wahre Sehnsucht, ihr das mitzuteilen. Zugleich hatte sie die Empfindung, als käme sie dadurch dieser Frau näher und könnte ihre Achtung gewinnen. Sie fühlte, daß sie viel mehr geworden, seit dieser Brief an sie gelangt war. Jetzt merkte sie auch, daß sie sich sehr gefürchtet hatte; Emil konnte ja ein ganz anderer geworden sein, eingebildet, unnatürlich, verwöhnt – wie eben berühmte Männer manchmal sein sollen. Aber von all dem war ja keine Spur; es war die gleiche, starklinige, rasche Schrift, der gleiche warme Ton, wie in jenen Briefen von früher. Und was er seither auch erlebt haben mochte – nun, hatte sie nicht auch vieles erlebt, und war jetzt nicht alles wie ausgelöscht? – Vor dem Fortgehen las sie Emils Brief noch einmal. Er wurde immer lebendiger, sie hörte den Tonfall der Worte, und jenes abschließende »Komm bald« rief nach ihr, wie in zärtlicher Sehnsucht. Sie steckte den Brief in ihr Mieder und erinnerte sich, daß sie dasselbe als junges Mädchen öfters mit seinen kleinen Zetteln getan, und daß sie die leise Berührung mit einem angenehmen Schauer erfüllt hatte.

Sie ging zuerst zu Mahlmanns, wo sie die Zwillinge unterrichtete. Sehr häufig taten ihr die Fingerübungen, die sie da anhören mußte, geradezu weh, und sie schlug die Kleinen ärgerlich auf die Hände, wenn sie danebengriffen. Heute war sie ohne jede Strenge. Als Frau Mahlmann ins Zimmer trat, dick und freundlich wie immer, und sich erkundigte, ob Berta zufrieden sei, lobte Berta die Kleinen, und wie in einer plötzlichen Erleuchtung setzte sie hinzu: »Nun werd' ich ihnen ein paar Tage freigeben können.«

»Frei? Wieso denn, liebe Frau Garlan?«

»Ja, Frau Mahlmann, es wird mir nichts anderes übrigbleiben. Denken Sie, wie ich neulich in Wien war, hat mich meine Cousine so dringend aufgefordert, doch einmal ein paar Tage bei ihr zu wohnen.«

»Freilich, freilich«, sagte Frau Mahlmann.

Berta wurde immer mutiger und log weiter mit einer Art von Vergnügen über ihre eigene Frechheit. »Ich wollte es mir eigentlich auf den Juni lassen. Aber da kommt heute ein Brief von ihr, ihr Mann verreist, sie ist so allein und gerade jetzt« – sie fühlte den Brief knistern, hatte eine unbeschreibliche Lust, ihn hervorzuziehen, unterließ es aber doch – »und ich denke, daß ich vielleicht die Gelegenheit benütze ...«

»No freilich«, sagte Frau Mahlmann und faßte Berta bei beiden Händen, »wenn ich eine Cousine in Wien hätt', ich möcht' alle vierzehn Tag' acht Tag' bei ihr wohnen.«

Berta strahlte. Ihr war, als räumte eine unsichtbare Hand die Hindernisse aus dem Weg; alles ging so leicht. Nun ja, wem war sie schließlich Rechenschaft schuldig? Plötzlich aber durchzuckte sie die Befürchtung, ob ihr Schwager wirklich auch nach Wien wollte. Alles verwirrte sich wieder, Gefahren tauchten auf, und selbst unter dem gutmütigen Lächeln der Frau Mahlmann lauerte der Verdacht ... Ah, sie mußte unbedingt Frau Rupius ins Vertrauen ziehen! Gleich nach der Lektion nahm sie den Weg zu ihr.

Erst als sie Frau Rupius in einer weißen Morgentoilette auf dem Sofa sitzen fand und den erstaunten Blick bemerkte, der sie empfing, fiel Berta das Sonderbare ihres frühen Besuches auf, und sie sagte mit erkünstelter Heiterkeit: »Guten Morgen! Früh komm' ich heut, nicht wahr?«

Frau Rupius blieb ernst, sie hatte nicht das Lächeln wie sonst. »Ich freue mich sehr, Sie zu sehen. Die Stunde gilt mir gleich.« Dann sah sie sie fragend an, und Berta wußte nicht, was sie sagen sollte; dabei ärgerte sie sich über die kindische Befangenheit, die sie dieser Frau gegenüber nicht los werden konnte. »Ich wollte Sie fragen«, sagte sie endlich, »wie Ihnen unser Ausflug bekommen ist.«

»Ganz gut«, sagte Frau Rupius etwas hart. Aber mit einmal veränderten sich ihre Züge, und sie setzte mit übergroßer Freundlichkeit hinzu: »Eigentlich war' es an mir gewesen, Sie zu fragen. Ich bin ja diese Ausflüge gewohnt.« Sie schaute durchs Fenster, während sie das sagte, und Berta folgte unwillkürlich ihren Blicken, die auf die andere Seite des

Marktplatzes wanderten, zu einem offenen Fenster mit Blumenstöcken. Es war ganz still, die Ruhe eines Sommertags über einer schlafenden Stadt. Berta hätte sich am liebsten neben Frau Rupius gesetzt, sich von ihr auf die Stirne küssen und segnen lassen; aber zugleich hatte sie Mitleid mit ihr. Alles das war ihr selbst rätselhaft. Wozu war sie nun eigentlich hierher gekommen? Was sollte sie ihr denn sagen? »Ich werde morgen nach Wien fahren, meinen Jugendgeliebten wiedersehen« …? Was ging das alles Frau Rupius an? Interessierte sie es denn auch nur im mindesten? Sie saß da, wie von irgend etwas Undurchdringlichem umgeben, man konnte nicht zu ihr. – Sie konnte nicht zu ihr, das war es. Gewiß gab es ein Wort, mit dem man sich den Zugang zu ihr eröffnen konnte, nur daß Berta es nicht kannte.

»Was macht denn Ihr Kleiner?« fragte Frau Rupius, ohne den Blick von den Blumenstöcken zu wenden.

»Es geht ihm gut wie immer; er ist sehr brav. Es ist ein unendlich gutes Kind.« Sie legte eine absichtliche Zärtlichkeit in dieses Wort, als wäre Frau Rupius vielleicht dadurch zu gewinnen.

»Ja, ja«, sagte diese, und im Ton lag etwa: es ist schon gut, darum hab' ich Sie nicht gefragt. Dann setzte sie hinzu: »Haben Sie ein verläßliches Kindermädchen?« Berta war einigermaßen erstaunt über diese Frage und erwiderte: »Mein Mädchen hat ja noch vielerlei anderes zu tun, aber ich kann mich nicht über sie beklagen; sie kocht auch sehr gut.«

Nach einem kurzen Schweigen sagte Frau Rupius ganz trocken: »So einen Buben zu haben, das muß ein großes Glück sein.«

»Es ist ja mein einziges«, sagte Berta überlaut. Es war eine Antwort, die sie schon oft gegeben, aber heute wußte sie, daß sie nicht ganz aufrichtig war. Sie fühlte das Blatt Papier ihre Haut berühren, und beinah erschreckt sah sie ein, daß sie es auch als Glück empfand, diesen Brief erhalten zu haben. Zugleich fiel ihr ein, daß die Frau, die ihr gegenübersaß, kein Kind und auch nicht die Aussicht hatte, eines zu bekommen, und so hätte Berta gern wieder zurückgenommen, was sie gesagt. Ja, sie war nah daran, nach einem Wort der Einschränkung zu suchen, aber als könnte Frau Rupius in ihre Seele schauen und keine Lüge dürfte vor ihr bestehen, sagte sie gleich: »Ihr einziges Glück? Sagen Sie: ein großes, das ist auch nicht wenig. Ich beneide Sie manchmal darum, obzwar ich eigentlich glaube, daß schon das Leben an und für sich Ihnen Freude macht.«

»Ich lebe ja so einsam, so ...«

Anna lächelte. »Nun ja, ich habe es nicht so gemeint; ich meine: daß die Sonne scheint, daß wir jetzt so schönes Wetter haben, das macht Sie auch froh.«

»O ja, sehr!« erwiderte Berta mit Beflissenheit. »Ich bin in meiner Laune überhaupt von der Witterung abhängig. Wie das Gewitter vor ein paar Tagen war, da bin ich vollkommen niedergedrückt gewesen, und dann, als es vorbei war –«

Frau Rupius unterbrach sie. »Das ist ja bei jedem Menschen so.«

Berta wurde kleinlaut; sie fühlte es: für diese Frau war sie nicht klug genug, sie konnte immer nur so hin und her reden wie die anderen Frauen in der kleinen Stadt. Es war ihr, als hätte Frau Rupius jetzt eine Prüfung mit ihr veranstaltet, die sie nicht bestanden hatte, und mit einemmal bekam sie eine große Angst vor dem Wiedersehen mit Emil. Wie würde sie sich dem gegenüber anstellen? Wie war sie in diesem sechsjährigen engen Leben verschüchtert und hilflos geworden!

Frau Rupius stand auf. Der weiße Morgenrock wallte um sie, sie sah größer und schöner aus als sonst, und Berta mußte an eine Schauspielerin denken, die sie vor sehr langer Zeit auf der Bühne gesehen und die ganz ähnlich ausgeschaut hatte. Sie dachte: Wär' ich doch wie sie, dann wäre mir nicht bang! und zugleich fiel ihr ein, daß diese wunderschöne Frau mit einem kranken Mann verheiratet war. – Ob die Leute nicht doch recht hatten? Aber von hier aus konnte sie wieder nicht weiter; auf welche Weise die Leute recht haben sollten, konnte sie sich nicht vorstellen. Und in diesem Augenblick kam eine Ahnung über sie von der Schwere des Schicksals, das über diese Frau verhängt war, ob sie es nun trüge oder sich dagegen wehrte. Doch als hätte Anna wieder in den Gedanken Bertas gelesen und duldete nicht, daß sie in dieser Weise sich in ihr Vertrauen einschliche, löste sich plötzlich der unheimliche Ernst ihres Gesichts, und sie sagte harmlos: »Denken Sie, daß mein Mann jetzt noch schläft. Er hat die Gewohnheit angenommen, bis tief in die Nacht hinein wach zu bleiben, zu lesen und Stiche anzuschauen, und dann schläft er bis zum hellen Mittag. Im übrigen, das ist ganz Gewohnheitssache; als ich noch in Wien lebte, war ich eine unglaubliche Langschläferin.« Und nun begann sie von ihren Mädchenjahren zu plaudern, heiter und mit einer Zutraulichkeit, wie sie Berta nie früher an ihr bemerkt. Sie erzählte von ihrem Vater, der Offizier im Generalstab gewesen, von ihrer Mutter, die als ganz junge Frau gestorben war, von dem kleinen Haus mit Garten, in dem sie als Kind gespielt hatte. Jetzt erst erfuhr Berta, daß Frau Rupius ihren Mann schon als Knaben kennen gelernt, daß er mit den Seinen im angrenzenden Haus gewohnt und daß sie sich schon als Kinder verlobt hatten. Es war für Berta, als wenn die ganze Jugend dieser Frau wie sonnenbestrahlt auftauchte, eine Jugend voll Glück und voll Hoffnung, und es schien ihr, als hätte auch die Stimme der Frau Rupius einen frischeren Klang, da sie nun von den Reisen erzählte, die sie in früherer Zeit mit ihrem Manne unternommen. Berta ließ sie nur immer weiterreden und scheute sich, sie anzurufen, als wäre sie eine Mondsüchtige, die über Dachfirste wandelt. Aber während Frau Rupius von einer vergangenen Zeit sprach, als deren besondere Schönheit immer die Seligkeit des Geliebtwerdens durchschimmerte, begann es in Bertas Seele mitzubeben, von der Hoffnung eigenen Glücks, das sie noch nicht erlebt. Und während Frau Rupius von Fußwanderungen erzählte, – durch die Schweiz und Tirol – die sie einmal mit ihrem Gatten unternommen, sah Berta sich selbst an der Seite Emils auf gleichen Wegen wandeln, und eine so ungeheure Sehnsucht erfüllte sie, daß sie am liebsten gleich aufgestanden, nach Wien gefahren wäre, ihn suchen, in seine Arme stürzen, endlich einmal die Wonnen erleben, die ihr bisher versagt geblieben waren.

Ihre Gedanken irrten so weit, daß sie nicht bemerkte, wie Frau Rupius längst wieder schwieg, auf dem Sofa saß und mit starren Augen zu den Blumenstöcken des Hauses gegenüber sah. Die große Stille weckte Berta auf; das ganze Zimmer schien ihr wie erfüllt von etwas Geheimnisvollem, in dem Vergangenes und Zukünftiges sonderbar ineinander spielten. Sie fühlte einen unbegreiflichen Zusammenhang zwischen sich und dieser Frau. Sie stand auf, reichte ihr die Hand, und, als wäre es ganz selbstverständlich, küßten sich die beiden Frauen zum Abschied, wie alte Freundinnen. Bei der Türe sagte Berta: »Ich fahre morgen wieder nach Wien auf einige Tage.« Sie lächelte dabei wie eine Braut.

Von Frau Rupius ging sie zu ihrer Schwägerin. Ihr Neffe saß schon am Klavier und phantasierte sehr wild auf den Tasten; er tat, als bemerkte er ihr Eintreten nicht, und ging in Fingerübungen über, die er mit gemacht steifer Gelenkhaltung spielte.

»Wir werden heute vierhändig spielen«, sagte Berta und suchte den Band mit den Schubertschen Märschen hervor. Sie hörte sich selbst gar nicht zu und merkte kaum, wie ihr Neffe beim Pedalgreifen ihren Fuß berührte. Indes kam Elly herein und küßte die Tante. »Ja, richtig«, sagte der Neffe, »das hab' ich ganz vergessen.« Und, immer weiterspielend, näherte er seinen Mund der Wange Bertas.

Die Schwägerin trat ein, mit dem Schlüsselbund klappernd und tiefe Schwermut in dem blassen, verschwommenen Gesicht.

»Ich habe die Brigitte entlassen«, sagte sie tonlos. »Es war nicht mehr auszuhalten.«

»Soll ich dir ein Mädchen aus Wien versorgen?« sagte Berta mit einer Leichtigkeit, über die sie selbst staunte. Und nun erzählte sie die Lüge von der Einladung der Cousine ein zweites Mal, mit noch größerer Sicherheit und bereits ein wenig ausgeschmückt. Die innere Freude, die sie selbst während ihrer Erzählung verspürte, steigerte zugleich ihren Mut. Selbst die Möglichkeit, daß ihr Schwager sich ihr anschließen könnte, schreckte sie nicht mehr. Auch fühlte sie, daß sie durch die Art, in der er sich ihr zu nähern pflegte, im Vorteil ihm gegenüber war.

»Wie lang denkst du denn in der Stadt zu bleiben?« fragte die Schwägerin.

»Zwei, drei Tage, länger gewiß nicht. Und weißt du, Montag hätt' ich jedenfalls hinein müssen – zur Schneiderin.«

Richard klimperte auf dem Piano, aber Elly stand, mit beiden Armen auf das Klavier gestützt, und sah ihre Tante mit beinahe angstvollen Blicken an. Berta rief unwillkürlich aus: »Was hast du denn?«

Elly fragte: »Warum denn?«

Berta sagte: »Du siehst mich so komisch an, als wenn du – ja, als wenn's dir nicht recht wäre, daß du zwei Tage keine Klavierstunde hast.«

»Nein«, erwiderte Elly und lächelte, »das ist es nicht. Aber … nein, ich kann's nicht sagen.«

»Was denn?« fragte Berta.

»Nein, bitte, ich kann's wirklich nicht sagen.« Sie umhalste die Tante wie flehend.

»Elly«, sagte die Mutter, »ich dulde nicht, daß du Geheimnisse hast.« Sie setzte sich nieder, als wenn sie aufs tiefste gekränkt und sehr ermüdet wäre.

»Nun, Elly«, sagte Berta, von einer unbestimmten Angst erfüllt, »wenn ich dich schon bitte …«

»Aber du darfst mich nicht auslachen, Tante.«

»Gewiß nicht.«

»Siehst du, Tante, schon das letztemal, wie du fort warst, hab' ich mich so gefürchtet, – ich weiß ja, es ist dumm … wegen … wegen der vielen Wagen in den Straßen …«

Berta atmete wie erleichtert auf und streichelte die Wangen Ellys. »Ich werde schon achtgeben, du kannst ganz ruhig sein.«

Die Mutter schüttelte den Kopf. »Ich fürchte«, sagte sie, »Elly wird sehr überspannt.«

Bevor Berta sich entfernte, wurde noch verabredet, daß sie zum Abendessen kommen sollte und daß sie ihren Kleinen während der Dauer ihrer Abwesenheit zu den Verwandten ins Haus geben sollte.

Nach Tisch setzte sich Berta an den Schreibtisch, las den Brief Emils noch einigemal und entwarf ihre Antwort.

»Mein lieber Emil!

Es ist sehr liebenswürdig von Dir, mir so bald zu antworten. Ich war ganz glücklich« – sie strich »ganz glücklich« wieder aus und setzte dafür »sehr erfreut, als ich Deine lieben Zeilen erhielt. Wie vieles hat sich verändert, seit wir uns nicht gesehen haben! Du bist seitdem ein berühmter Virtuose geworden, was für mich niemals einem Zweifel unterlag« – Sie hielt inne und strich den ganzen Satz wieder aus. »Auch ich teile Deinen Wunsch, mich bald wiederzusehen« … nein, das war ja ein Unsinn! Also: »Auch mir wäre es riesig angenehm, wenn ich Dich wieder einmal sprechen könnte.« – Jetzt fiel ihr etwas Vortreffliches ein, und sie schrieb mit vielem Vergnügen: »Es ist eigentlich sonderbar, daß wir uns so lange nicht begegnet sind, da ich gar nicht selten nach Wien komme, so zum Beispiel Ende dieser Woche.« … Jetzt ließ sie die Feder sinken und dachte nach. Sie war entschlossen, morgen Nachmittag nach Wien zu fahren, in einem Hotel abzusteigen und dort zu schlafen, um am nächsten Tag ganz frisch zu sein und schon ein paar Stunden Wiener Luft geatmet zu haben, ehe sie mit ihm zusammentraf. Nun galt es noch, den Ort festzustellen. Der war leicht gefunden. »Deinem freundlichen Wunsche gemäß teile ich Dir mit, daß ich Samstag vormittag um elf Uhr« … nein, das war nicht das rechte! Es war so geschäftsmäßig und doch wieder zu bereitwillig. Sie schrieb: »Willst Du Deine alte Freundin schon bei dieser Gelegenheit wiedersehen, so bemühe Dich am Samstag Vormittag elf Uhr ins kunsthistorische Museum zu den Niederländern.« Sie kam sich ziemlich großartig vor, als sie das niederschrieb, und alles Verdächtige schien damit weggewischt. Sie überlas ihr Konzept. Es erschien ihr etwas trocken, aber schließlich enthielt es das Notwendigste, und sie hatte sich nichts vergeben; alles andere würde sich im Museum finden, bei den Niederländern. Sie schrieb den Entwurf ins Reine, unterzeichnete, kuvertierte und eilte auf die sonnige Straße hinunter, um den Brief in den nächsten Kasten zu werfen. Wieder zu Hause, warf sie ihr Kleid ab, nahm einen Schlafrock um, setzte sich auf den Diwan und blätterte in einem Roman von Gerstäcker, den sie schon zehnmal gelesen. Aber sie vermochte kein Wort zu fassen. Anfangs versuchte sie, die Gedanken, die sie bedrängten, von sich abzuweisen, aber es half nichts. Sie schämte sich vor sich selbst, aber immer wieder träumte sie sich in Emils Armen. Warum denn nur? Daran hatte sie doch noch gar nicht gedacht! Nein … daran wird sie auch nie denken … sie ist keine solche Frau … Nein, sie kann nicht die Geliebte von jemandem werden – und nun gar diesmal … Ja, vielleicht, wenn sie noch einmal nach Wien kommt und wieder und wieder … nun ja, viel später – vielleicht. Und im übrigen: er wird es ja auch gar nicht wagen, davon zu reden, es nur anzudeuten … Aber es half nichts, sie konnte nichts anderes mehr denken. Immer zudringlicher kamen ihre Träume, und endlich gab sie den Kampf auf, lehnte trag in der Ecke des Diwans, ließ das heruntergeglittene Buch auf dem Boden liegen und schloß die Augen.

Als sie sich nach einer Stunde wieder erhob, schien ihr eine ganze Nacht vergangen zu sein, insbesondere der Besuch bei Frau Rupius lag weit zurück. Wieder wunderte sie sich über diese Regellosigkeit der Stunden; wahrhaftig, sie waren länger und kürzer, wie es ihnen beliebte. Sie kleidete sich an, um mit Fritz spazieren zu gehen. Sie war in der müd gleichgültigen Stimmung, wie sie nach ungewohntem Nachmittagsschlaf zu kommen pflegt, in der man kaum die Fähigkeit hat, sich ganz auf sich selbst zu besinnen, in der einem das Gewöhnliche seltsam, aber wie auf jemand anderen bezogen, vorkommt. Sie empfand es zum erstenmal als sonderbar, daß der Bub, den sie jetzt in sein Gewand steckte, ihr eigenes Kind war, das sie von einem empfangen, der längst begraben war, und das sie unter Schmerzen geboren. Irgend etwas in ihr sagte ihr, daß sie heut wieder einmal auf den Friedhof gehen müßte. Sie hatte aber nicht die Empfindung, als hätte sie ein Unrecht gutzumachen, sondern als müßte sie jemanden, dem sie sich ohne triftigen Grund entfremdet, höflicherweise wieder einmal besuchen. Sie wählte den Weg durch die Kastanienallee. Hier drückte die Hitze heute besonders schwer. Erst als sie in die Sonne trat, wehte ein leichter Hauch, und vom

Friedhof her schien das Laub der Bäume durch leichtes Neigen sie zu begrüßen. Als sie mit dem Buben durch die Friedhoftür eintrat, kam es ihr kühl, ja erfrischend entgegen. In einer milden, beinah süßen Müdigkeit spazierte sie durch die große Mittelallee, ließ den Buben voranlaufen und kümmerte sich nicht, wie er hinter einem Grabstein ihrem Blick auf Sekunden entschwand, was sie sonst nie leiden mochte. Vor dem Grabe ihres Mannes blieb sie stehen, schaute aber nicht auf das Blumenbeet herunter, wie es sonst ihre Art war, sondern an dem Marmor vorbei, weg über die Mauer, in den blauen Himmel. Sie fühlte keine Träne im Auge, keine Rührung, kein Grauen; sie dachte eigentlich nicht daran, daß sie über Tote hingeschritten war, und daß hier unter ihr einer in Staub zerfiel, der sie einmal in den Armen gehalten hatte.

Plötzlich hörte sie Schritte hinter sich auf dem Kies, eilige, wie sie sie sonst an diesem Ort nicht zu hören gewohnt war, – beinah verletzt wandte sie sich um. Klingemann stand vor ihr, hielt seinen Strohhut, der durch ein Band an einem Rockknopf befestigt war, grüßend in der Hand und neigte sich tief vor Berta.

»Nein, was für ein sonderbarer Zufall«, sagte diese.

»Das eben nicht, gnädige Frau; ich sah Sie von der Straße aus, an Ihrer Art zu gehen hab' ich Sie erkannt.« Er sprach sehr laut, und Berta sagte fast unwillkürlich: »Sst!« Auf Klingemanns Antlitz erschien sofort ein höhnisches Lächeln, und er sagte zwischen den Zähnen: »Er wacht nicht auf.« Berta war über diese Bemerkung so entrüstet, daß sie gar nicht nach einer Antwort suchte, sondern sich wegwandte, nach Fritz rief und sich entfernen wollte. Aber Klingemann faßte ihre Hand und flüsterte, indem er zu Boden sah: »Bleiben Sie.« Berta machte die Augen weit auf; sie begriff das nicht. Plötzlich blickte Klingemann wieder vom Boden auf und bohrte seine Augen in die Bertas. Dann sagte er: »Ich liebe Sie nämlich!« Berta stieß einen leisen Schrei aus. Klingemann ließ ihre Hand los und setzte in ganz leichtem Gesprächston hinzu: »Das kommt Ihnen wohl etwas verwunderlich vor?«

»Es ist unerhört, es ist unerhört!« Sie wollte wieder gehen und rief: »Fritz!«

Klingemann sprach, jetzt in bittendem Tone: »Bleiben Sie! Wenn Sie mich jetzt allein lassen, Berta ...«

Berta hatte ihre Besinnung wiedergefunden. Sie sagte heftig: »Nennen Sie mich nicht Berta! Wer hat Ihnen dazu das Recht gegeben? Ich habe keine Lust, weiter mit Ihnen zu reden ... Und gar hier«, setzte sie hinzu mit einem Blick nach unten, der den Toten gleichsam um Entschuldigung bat. Indes war Fritz auch herzugekommen. Klingemann schien sehr enttäuscht. »Gnädige Frau«, sagte er und folgte Berta, die, den Kleinen an der Hand führend, sich langsam entfernte, »ich fühle mein Unrecht, ich hätte anders anfangen und erst am Schlusse einer wohlgesetzten Rede das sagen sollen, wodurch ich Sie nun erschreckt zu haben scheine.«

Berta sah ihn nicht an, sondern sagte, als wenn sie zu sich selbst spräche: »Ich hätte es nicht für möglich gehalten; ich dachte, ein gebildeter Mensch ...« Sie waren an der Friedhofstür. Klingemann sah noch einmal zurück, und in seinem Blick lag das Bedauern, daß er seine Szene am Grabe nicht hatte zu Ende spielen können; aber, immer an der Seite Bertas, den Hut in der Hand und das Band, an dem er befestigt war, um den Finger drehend, sprach er weiter: »Ich kann nun nichts anderes tun, als wiederholen, daß ich Sie liebe, daß Sie mich in meinen Träumen verfolgen – mit einem Wort: Sie müssen mein werden.« Wieder blieb Berta wie entsetzt stehen.

»Sie werden diese Bemerkung vielleicht frech finden, aber nehmen wir die Dinge, wie sie sind: Sie ...« er machte eine lange Pause – »sind allein, ich nicht minder –«

Berta starrte Klingemann ins Gesicht.

»Ich weiß, woran Sie denken«, sagte Klingemann. »Alles das hat nichts zu bedeuten, alles das ist im Augenblick aus, wo Sie es befehlen. Eine dunkle Ahnung sagt mir, daß wir zwei sehr gut füreinander passen, ja wenn mich nicht alles trügt, dürfte das Blut in Ihren Adern, gnädige Frau, nicht weniger heiß fließen, als ...« Der Blick, der ihn jetzt aus Bertas Auge traf, war so erfüllt von Zorn und Ekel, daß Klingemann den Satz nicht vollenden konnte. Er begann daher einen andern. »Ach, was ist das eigentlich für ein Leben, das ich jetzt führe! Es ist eben schon sehr lange Zeit verflossen, seit ich von einer edlen Frau, wie Sie es sind, geliebt worden. Ich verstehe ja Ihr Zögern oder vielmehr Ihre Ablehnung. Zum Teufel noch einmal, es gehört schon ein bißchen Courage dazu, sich mit einem so verlotterten Kerl, wie ich einer bin ... Obzwar es vielleicht nicht einmal so arg ist – Ah, wenn ich eine menschliche Seele, eine gütige, weibliche Seele« – er betonte »Seele« – »fände ... Ja, gnädige Frau, mir war es so wenig an der Wiege gesungen als Ihnen, daß ich in einem solchen Nest verkümmern und versauern werde. Sie dürfen's mir nicht übelnehmen, wenn ich ... wenn ich –« Die Worte begannen ihm zu versagen, seit er nahezu die Wahrheit sprach. Berta sah ihn an. Er kam ihr jetzt ein bißchen lächerlich, beinah bedauernswert und recht alt vor, und sie wunderte sich, daß dieser Mann noch den Mut hatte, nicht etwa um sie anzuhalten – nein, sogar einfach um ihre Gunst zu werben.

Und doch, zu ihrem eigenen Staunen und zu ihrer Beschämung, überströmte es sie, auch aus diesen ungebührlichen Worten eines Menschen, der ihr lächerlich erschien, wie mit einer Welle von Verlangen; denn wie diese Worte schon verklungen waren, hörte sie sie im Geiste wieder – aber wie aus dem Mund eines anderen, der in Wien ihrer harrte; – und sie empfand, daß sie diesem nicht widerstehen könnte. Klingemann redete noch immer weiter, er sprach davon, daß sein Dasein ein verfehltes, aber der Rettung würdiges wäre; die Frauen hätten ihn auf dem Gewissen, und eine Frau müßte ihn wieder emporziehen. Schon als Student war er mit einer durchgegangen, und damit fing das Elend an. Er redete von seinen ungebändigten Sinnen, und Berta mußte lächeln; dabei schämte sie sich der Sachverständigkeit, die ihr selbst in diesem Lächeln zu liegen schien. Beim Haustor sagte Klingemann: »Ich werde heute Abend vor Ihrem Fenster auf und ab gehen. Werden Sie Klavier spielen?«

»Ich weiß nicht.«

»Ich werd' es als Zeichen nehmen.« Damit ging er.

Am Abend saß sie wie so oft am Tisch von Schwager und Schwägerin, zwischen Richard und Elly. Man sprach von ihrer bevorstehenden Reise nach Wien, als handelte es sich tatsächlich um nichts anderes als um den Besuch bei der Cousine, um das Probieren bei der Schneiderin und um einige Besorgungen, welche sie für den Haushalt der Schwägerin zu übernehmen versprochen. Gegen Ende des Nachtmahls, während der Schwager seine Pfeife rauchte, Richard ihm aus der Zeitung vorlas, die Mutter strickte und Elly, ganz nah neben Berta gerückt, ihren Kinderkopf an ihre Brust lehnte, erschien sich Berta wie eine abgefeimte Lügnerin. Hier saß sie, die Witwe eines braven Mannes, im Familienkreise, der sich ihrer so treu angenommen, an der Seite eines jungen Mädchens, das wie zu einer älteren Freundin zu ihr aufblickte, sie, bisher selbst eine brave Frau, die ihr Leben anständig und in Arbeit hingebracht, nur für ihren kleinen Sohn gelebt hatte, – und war sie jetzt nicht im Begriff, alles das hinzuwerfen, diese trefflichen Leute zu belügen und sich in ein Abenteuer zu stürzen, dessen Ende sie nicht absehen konnte? Denn was war in den letzten Tagen aus ihr geworden, von welchen Träumen war sie verfolgt, wie schien ihr ganzes Dasein nur mehr dem einen Augenblick entgegenzustreben, da sie wieder in den Armen eines Mannes liegen durfte? Wenn sie nur daran dachte, überlief sie der unsagbare Schauer, unter dem sie sich willenlos, wie einer fremden Macht verfallen, vorkam. Und während die Worte, die Richard las, eintönig an ihr Ohr schlugen und ihre Finger mit den Locken Ellys spielten, lehnte sie sich ein letztes Mal auf, schwor sich zu, daß sie standhaft sein, daß sie nichts anderes wollte, als Emil wiedersehen, und daß sie, wie alle braven Frauen, die sie kannte, wie ihre längst verstorbene Mutter, wie ihre Cousine in Wien, wie Frau Mahlmann, wie Frau Martin, wie ihre Schwägerin und wie ... ja, wie gewiß auch Frau Rupius nur dem angehören wollte, der sie zu seiner Gattin machte. Wie sie aber daran dachte, durchfuhr es sie wie ein Blitz: wenn er selbst ... wenn Emil ... Aber sie hatte Angst vor diesem Gedanken, sie wies ihn von sich. Nicht mit so kühnen Träumen durfte sie zu diesem Rendezvous fahren. Er, der große Künstler, und sie, eine arme Witwe mit einem Kind ... Nein, nein! – Sie wird ihn noch einmal wiedersehen ... ja, im Museum, bei den Niederländern ... einmal und zugleich das letztemal, und sie wird es ihm auch sagen, daß sie nichts anderes wollte, als ihn noch einmal sehen. Mit einer lächelnden Genugtuung stellt sie sich sein etwas enttäuschtes Gesicht vor, und sie legt, wie zur Vorübung, ihr Gesicht in ernste Falten und weiß schon die Worte, die sie ihm sagen wird: O nein, Emil, wenn du das glaubst ... Aber sie darf diese Worte nicht in allzu hartem Tone sagen, damit er nicht wie damals ... vor zwölf Jahren! ... schon nach dem ersten Versuch einhält; er soll sie ein zweites, er soll sie ein drittes Mal – ach Gott, er soll sie eben so lange bitten, bis sie nachgibt ... Denn sie fühlt es, hier, inmitten aller dieser guten, anständigen, tugendhaften Leute, zu denen sie dann freilich nicht mehr zählen wird, – sie wird nachgeben, sobald er es verlangt. Sie fährt nur nach Wien, um seine Geliebte zu werden und nachher, wenn's sein muß, zu sterben.

Am anderen Nachmittag reiste Berta ab. Es war sehr heiß, die Sonne brannte auf die ledernen Sitze, Berta hatte das Fenster geöffnet und den gelben Vorhang vorgezogen, der aber immer im Luftzug hin- und herflatterte. Sie war allein. Aber sie dachte kaum an den Ort, an den sie fuhr, an den Menschen, den sie wiedersehen wollte, an das, was ihr bevorstehen mochte, – sondern nur an die seltsamen Worte, die sie eben, eine Stunde vor ihrer Abreise vernommen. Sie hätte sie gern vergessen, wenigstens für die nächsten Tage. Warum hatte sie nur diese paar Stunden zwischen Mittagessen und Abfahrt nicht zu Hause bleiben können? Welche Unruhe trieb sie, an dem glühend heißen Nachmittag aus ihrem Zimmer auf die Straße, auf den Markt, und hieß sie an der Wohnung Rupius' vorbeigehen? Da saß er auf dem Balkon, die Augen auf das strahlend weiße Pflaster gerichtet, und über die Knie, wie immer, den grauen Plaid gebreitet, dessen Enden zwischen den Gitterstäben des Balkons herabhingen; vor ihm das kleine Tischchen mit der Flasche Wasser und dem Glas. Als er Berta gewahrte, richteten seine Augen sich auf sie, als bäte er sie um etwas, und sie merkte, wie er sie durch eine leichte Kopfbewegung zu sich rief. Warum folgte sie ihm? Warum nahm sie es nicht einfach als Gruß, dankte und ging ihres Wegs? Wie sie aber, seinem Wink gehorchend, dem Haustor sich zuwandte, sah sie, wie ein Lächeln des Danks über seine Lippen glitt, und das gleiche fand sie noch auf seinem Antlitz, als sie durch das kühle, dunkle gehaltene Zimmer zu ihm auf den Balkon trat, seine entgegengestreckte Hand nahm und sich an die andere Seite des Tischchens ihm gegenüber setzte.

»Wie geht's Ihnen?« fragte sie.

Er erwiderte anfangs nichts, dann merkte sie an Bewegungen in seinem Gesicht, daß er reden wollte, aber es war, als könnte er kein Wort herausbringen; endlich stieß er hervor, die ersten Worte überlaut: »Sie will mich ...« dann, als sei er selbst von dem beinahe schreienden Ton erschrocken, ganz leise: »verlassen. Meine Frau will mich verlassen.«

Berta sah unwillkürlich um sich.

Rupius hob die Hände wie beruhigend. »Sie hört uns nicht. Sie ist in ihrem Zimmer; sie schläft.«

Berta wurde verlegen, sie stammelte: »Woher wissen Sie ...? Das ist ja nicht möglich!«

»Fortreisen will sie – fortreisen, auf einige Zeit, wie sie sagt ... auf einige Zeit ... verstehen Sie mich?«

»Nun ja, wahrscheinlich zu ihrem Bruder.«

»Auf immer will sie fort ... auf immer! Natürlich wird sie mir nicht sagen: Leb' wohl, du wirst mich nie wiedersehen! Daher sagt sie: Ich möchte ein wenig reisen, ich brauche Erholung, ich will auf einige Wochen an einen See, möchte schwimmen, brauche Luftveränderung! Sie sagt mir natürlich nicht: Ich ertrag' es nicht länger, ich bin jung und blühend und gesund, und du bist lahm und wirst bald sterben, und mich graut vor deiner Krankheit und vor dem Ekelhaften, das noch kommen wird, eh es zu Ende ist. Darum sagt sie mir: Ich will nur auf einige Wochen fort, dann komm’ ich wieder zurück, dann bleib’ ich bei dir.«

Bertas schmerzliche Bewegtheit ging in ihrer Verlegenheit auf; sie konnte nichts erwidern, als: »Sie irren sich bestimmt.«

Rupius zog den Plaid, der herabgleiten wollte, hastig über die Knie; ihn schien zu frösteln. Während er weitersprach, zog er den Plaid immer höher hinauf und hielt ihn endlich mit beiden Händen vor die Brust gepreßt. »Ich hab’ es kommen sehen, jahrelang hab’ ich diesen Moment kommen sehen. Und denken Sie, was das für eine Existenz ist: einem solchen Moment entgegensehen und wehrlos sein und schweigen müssen! Warum sehen Sie mich so an?«

»O nein«, sagte Berta und blickte auf den Marktplatz hinab.

»Nun, ich bitte Sie um Entschuldigung, daß ich davon spreche. Ich hatte nicht die Absicht; aber als ich Sie vorbeigehen sah – nun, ich dank’ Ihnen sehr, daß Sie mich anhören.«

»Aber bitte«, sagte Berta und streckte ihm unwillkürlich die Hand entgegen. Da er sie nicht bemerkte, ließ sie sie auf dem Tisch liegen.

»Nun ist es vorbei«, sagte Rupius. »Jetzt kommt die Einsamkeit und alles Furchtbare.«

»Aber hat Ihre Frau ... sie liebt Sie doch! ... Ich bin ganz überzeugt, Sie machen sich unnötige Sorgen. Und wär’ es nicht das Einfachste, Herr Rupius, Sie bäten Ihre Frau, daß sie auf diese Reise verzichte?«

»Bitten ...?« sagte Rupius fast hoheitsvoll. »Hab’ ich überhaupt das Recht dazu? Diese ganzen sechs oder sieben Jahre waren nur eine Gnade, die sie mir erwiesen. Überlegen Sie gefälligst. In diesen ganzen sieben Jahren ist kein Wort der Klage über ihre Lippen gekommen, daß sie ihre Jugend verloren hat.«

»Sie hat Sie lieb«, sagte Berta mit Entschiedenheit, »und darauf kommt es an.«

Rupius sah sie lange an. »Ich weiß, was Sie sagen wollen und sich zu sagen nicht getrauen. Aber Ihr Mann, gnädige Frau, liegt tief im Grab, schläft nicht Nacht für Nacht an Ihrer Seite.« Er schaute auf mit einem Blick, der wie eine Verwünschung zum Himmel fuhr.

Die Zeit rückte vor; Berta dachte an ihren Zug. »Wann soll denn Ihre Frau reisen?«

»Darüber ist noch nicht gesprochen worden. – Aber ich halte Sie wohl auf?«

»Nein, gewiß nicht, Herr Rupius, nur … Hat es Ihnen Anna nicht gesagt? Ich fahre nämlich heute nach Wien.« Sie wurde glühend rot. Er sah sie wieder lange an. Es schien ihr, als wüßte er alles.

»Wann kommen Sie wieder?« fragte er trocken.

»In zwei bis drei Tagen.« Sie hätte ihm gern gesagt, daß er sich irrte, daß sie nicht zu einem Menschen reiste, den sie liebte, daß alle diese Dinge, um die er sich kränkte, etwas Schmutziges und Niedriges wären, worauf es den Frauen eigentlich gar nicht ankäme, – aber es war ihr nicht gegeben, dafür die rechten Worte zu finden.

»Wenn Sie in zwei bis drei Tagen wiederkommen, finden Sie meine Frau wohl noch hier. Also adieu und unterhalten Sie sich gut.«

Sie hatte gefühlt, wie sein Blick ihr folgte, während sie durch das dunkel verhängte Zimmer und über den Marktplatz ging. Und auch jetzt, im Kupee, fühlte sie diesen Blick, und immer noch hörte sie jene Worte klingen, in denen ihr das Bewußtsein eines ungeheuern Unglücks zu liegen schien, das sie bisher gar nicht verstanden. Das Peinvolle dieser Erinnerung erschien stärker als die Erwartung alles Freudigen, das ihr bevorstehen mochte, und je näher sie der großen Stadt kam, um so schwerer wurde ihr ums Herz. Während sie an den einsamen Abend dachte, der heute vor ihr lag, war ihr, als führe sie in die Fremde, ins Ungewisse, ohne Hoffnung. Der Brief, den sie noch immer im Mieder trug, hatte seinen Zauber verloren, er war nichts als ein knisterndes Stück beschriebenes Papier, dessen Ecken einzureißen begannen. Sie versuchte sich das Aussehen Emils vorzustellen. Gesichter, die eine leichte Ähnlichkeit mit dem seinen hatten, tauchten auf, manchmal glaubte sie schon das rechte zu halten, doch verschwamm es gleich. Sie begann zu zweifeln, ob sie recht getan, schon heute zu reisen. Warum hatte sie nicht wenigstens bis Montag gewartet? So aber mußte sie sich's eingestehen: sie fuhr nach Wien, zu einem Rendezvous mit einem jungen Mann, den sie seit zehn Jahren nicht mehr gesprochen und der vielleicht eine ganz andere erwartete, als die ihm morgen entgegenkam. Ja, das war es, was sie unruhig machte; jetzt wußte sie's. Dieser Brief, der ihrer zarten Haut schon ein bißchen weh tat, war an die zwanzigjährige Berta gerichtet, denn Emil konnte ja nicht wissen, wie sie jetzt aussah. Und wenn sie auch selbst sich sagen mußte, daß ihr Antlitz die Linien ihrer Mädchenjahre und daß ihre Gestalt, nur in größerer Fülle, die Umrisse ihrer Jugend bewahrt hatte, würde er nicht trotz alledem sehen, was ein

Jahrzehnt an ihr verändert, wohl auch zerstört hatte, ohne daß sie selbst es gemerkt?

Klosterneuburg. Viele helle Stimmen, das Geräusch von rasch laufenden Schritten drang an ihr Ohr. Sie sah hinaus. Eine Menge von Schuljungen drängte heran, stieg mit Lachen und Geschrei in die Waggons. Jetzt mußte Berta daran denken, wie ihre Brüder als Kinder von Landpartien nach Hause gekommen waren, und plötzlich stand ihr das blaugemalte Zimmer vor Augen, in dem die Buben damals geschlafen hatten. Es lief wie ein Schauer über sie, als ihr bewußt ward, wie alles Vergangene in die Winde gestreut war, wie die Menschen, denen sie das Dasein verdankt, gestorben, die, mit denen sie jahrelang unter einem Dach gewohnt, verschollen, wie Beziehungen gelöst waren, die für die Dauer gegründet schienen. Wie unverläßlich, wie sterblich war alles! Und er … er hatte ihr geschrieben, als wenn in diesen zehn Jahren sich nichts verändert hätte, als wenn dazwischen nicht Begräbnisse, Geburten, Schmerzen, Krankheiten, Sorgen und – für ihn wenigstens – soviel Glück und Ruhm gelegen wäre. Sie schüttelte unwillkürlich den Kopf. Wie eine Verwirrung über soviel Unbegreifliches kam es über sie. Und selbst das Sausen des Zuges, der sie da mittrug zu Erlebnissen, die sie nicht kannte, schien ihr ein Gesang von merkwürdiger Traurigkeit. Sie dachte an die Zeit zurück, die noch gar nicht ferne war, die kaum Tage hinter ihr lag, in der sie ruhig und zufrieden gewesen und ihr Dasein ohne Wünsche, ohne Bedauern und ohne Staunen hingenommen. Wie war das nur alles über sie gekommen? Sie faßte es nicht.

Immer schneller schien der Zug seinem Ziele zuzueilen. Schon stieg der Dunst der großen Stadt wie aus der Tiefe empor. Das Herz begann ihr zu klopfen. Es war ihr, als werde sie erwartet, von irgend etwas Unbestimmtem, das sie nicht hätte nennen können, von irgend etwas Hundertarmigem, das bereit war, sie zu umfassen; jedes Haus, an dem sie vorüberfuhr, wußte, daß sie kam, die Abendsonne auf den Dächern glänzte ihr entgegen, und als der Zug jetzt in die Halle einfuhr, fühlte sie sich mit einemmal geborgen. Jetzt erst empfand sie, daß sie in Wien, in ihrem Wien war, in der Stadt ihrer Jugend, ihrer Träume, in der Heimat! Hatte sie denn bisher gar nicht daran gedacht? Sie kam nicht vom Hause, – nein, jetzt war sie zu Hause angelangt. Der Lärm auf dem Bahnhof erfüllte sie mit Wohlbehagen, das Gewühl der Wagen und Menschen freute sie, alles Traurige war von ihr abgefallen. – Hier stand sie, Berta Garlan, jung und hübsch, an einem warmen Maiabend in

Wien, am Franz-Josefs-Bahnhof, frei, niemandem Rechenschaft schuldig, und morgen früh wird sie den Einzigen wiedersehen, den sie je geliebt, – den Geliebten, der sie gerufen hat.

In einem kleinen Hotel nahe dem Bahnhof stieg sie ab. Sie hatte sich vorgenommen, eines von den weniger vornehmen zu wählen, einerseits aus Sparsamkeit, dann aus einer gewissen Scheu vor eleganten Kellnern und Portiers. Sie bekam ein Zimmer im dritten Stock angewiesen, mit einem Fenster auf die Gasse, das Stubenmädchen schloß es, als die Fremde eintrat, brachte frisches Wasser, der Hausknecht stellte ihren Koffer neben den Ofen, und der Kellner legte ihr den Meldzettel vor, den Berta sogleich und sicher mit dem Stolz des guten Gewissens ausfüllte.

Ein Gefühl von äußerer Freiheit, das sie lang nicht gekannt, umfing sie; nichts von den täglichen kleinen Sorgen des Haushaltes, keine Verpflichtung, mit Verwandten und Bekannten zu reden; heute Abend hätte sie tun können, was sie wollte. Als sie umgekleidet war, öffnete sie das Fenster. Sie hatte schon die Kerzen anzünden müssen, aber draußen war es noch nicht ganz dunkel. Sie stützte die Ellbogen aufs Fensterbrett und blickte hinunter. Wieder erinnerte sie sich ihrer Kinderzeit, da sie oft abends zum Fenster hinuntergeschaut, manchmal mit einem ihrer Brüder, der den Arm um ihre Schultern geschlungen hatte. Sie dachte jetzt auch ihrer Eltern, mit so lebhafter Rührung, daß ihr die Tränen nahe waren. Unten brannten schon die Laternen. Nun mußte sie doch irgend etwas unternehmen. Morgen um diese Zeit, fiel ihr ein ... Sie konnte sich's nicht vorstellen. In diesem Augenblick fuhr eben ein Fiaker unten vorbei, in dem ein Herr mit einer Dame saß. Wenn es nach ihrem Wunsch ginge, so müßten sie morgen zusammen aufs Land fahren – ja, das wäre das Schönste. Irgendwo draußen in einem stillen Gartenrestaurant, auf dem Tisch ein Windlicht, und er mit ihr Hand in Hand, wie ein junges verliebtes Paar, und dann wieder zurück, – und dann ... Nein, sie wollte lieber nicht weiter denken! Wo mag er jetzt sein? Ist er jetzt allein? Oder spricht er jetzt eben mit jemandem? Und mit wem? Mit einem Mann – mit einer Frau? Mit einem Mädchen? Im übrigen, was geht sie das an? Vorläufig geht sie das gar nichts an. So wenig es ihn kümmert, daß Herr Klingemann ihr gestern ein Liebesgeständnis gemacht hat, daß ihr Neffe, der freche Bub, sie zuweilen küßt, und daß sie für Herrn Rupius eine große Verehrung hegt. Morgen wird sie ihn schon fragen – ja. Über all diese Dinge muß sie Gewißheit haben, ehe sie … nun, ehe sie mit ihm abends aufs Land fährt.

Fort also – aber wohin? An der Türe blieb sie unschlüssig stehen. Sie konnte nichts anderes tun, als ein bißchen spazieren gehen und nacht-mahlen … aber wo? – Eine Dame allein … Nein, sie wird hier auf ihrem Zimmer speisen und früh zu Bette gehen, um morgen gut ausgeschlafen, frisch, jung und hübsch zu sein. Sie sperrte ab und begab sich auf die Straße.

Sie wandte sich der innern Stadt zu. Sie ging sehr rasch, denn es war ihr unangenehm, abends allein zu gehen. Bald war sie auf dem Ring und ging an der Universität vorbei bis zum Rathaus. Aber das ziellose Herumlaufen machte ihr gar kein Vergnügen. Sie empfand Langweile und Hunger, setzte sich in einen Pferdebahnwagen und fuhr zurück. Sie hatte keine rechte Lust, ihr Zimmer aufzusuchen. Schon von der Straße aus hatte sie gesehen, daß der Speisesaal des Hotels kaum erleuch-tet und offenbar leer war. Dort speiste sie zu Nacht, wurde gleich müde und schläfrig, ging mit Mühe die drei Treppen auf ihr Zimmer hinauf, und während sie sich, auf dem Bett sitzend, die Schuhe aufschnürte, hörte sie es von einem nahen Kirchturm zehn Uhr schlagen.

Als sie in der Frühe erwachte, eilte sie vor allem zum Fenster und zog die Rouleaus auf, mit einer großen Sehnsucht, das Licht des Tages und die Stadt zu sehen. Es war ein sonniger Morgen und die Luft so frisch als wäre sie, wie aus tausend Quellen, von den Wäldern und Hügeln in die Gassen der Stadt herabgeflossen. Auf Berta wirkte die Schönheit des Morgens wie ein gutes Zeichen; sie wunderte sich über die sonderbare, dumpfe Art, in der sie den gestrigen Abend verbracht, – als hätte sie gar nicht recht gewußt, warum sie nach Wien gekommen. Sie fühlte, was sie so froh stimmte: die Gewißheit, nicht mehr durch den Schlaf einer ganzen Nacht von der ersehnten Stunde getrennt zu sein. Mit einemmal verstand sie gar nicht mehr, daß sie neulich schon in Wien gewesen, ohne nur den Versuch zu wagen, Emil zu sehen. Ja, endlich wunderte sie sich, daß sie diese Möglichkeit wochen-, monate-, vielleicht jahrelang grundlos hinausgeschoben. Daß sie in dieser ganzen Zeit kaum an ihn gedacht hatte, fiel ihr anfangs nicht ein, aber als ihr das zu Bewußtsein kam, staunte sie darüber am meisten.

Nun waren nur mehr vier Stunden zu überstehen, und dann sah sie ihn wieder. Sie legte sich nochmals ins Bett, lag zuerst mit offenen Augen da und flüsterte vor sich hin, als wollte sie sich an dem Wort berauschen:

Komm bald! Sie hörte ihn selbst das Wort sprechen, nicht mehr fern, – nein, so als wenn er mit ihr im gleichen Räume wäre, seine Lippen hauchten es an den ihren: Komm bald! sagte er, aber es hieß: Sei mein! sei mein! Und sie öffnete ihre Arme, als müßte sie sich vorbereiten, wie man einen Geliebten ans Herz drückt, und sie sagte: Ich liebe dich! und hauchte einen Kuß in die Luft.

Endlich erhob sie sich und kleidete sich an. Sie hatte diesmal ein einfaches graues Kleid in englischem Schnitt mitgenommen, das ihr nach allgemeinem Ausspruch sehr gut stand, und war mit sich ganz zufrieden, als sie ihre Toilette beendigt hatte. Sie sah wohl nicht aus wie eine vornehme Dame aus Wien, aber doch auch nicht wie eine vornehme Dame aus der Provinz; am ehesten, schien ihr, wie eine Gouvernante in einem gräflichen oder fürstlichen Hause. Ja, in der Tat, sie hatte etwas Fräuleinhaftes; niemand hätte sie für eine Frau, für die Mutter eines fünfjährigen Knaben gehalten. Freilich dachte sie mit einem leichten Seufzer, sie hatte immer eher gelebt wie ein junges Mädchen. Aber darum war ihr heut auch zumut wie einer Braut.

Neun Uhr. Noch zwei lange Stunden. Was sollte sie bis dahin tun? Sie ließ sich Kaffee bringen, setzte sich an den Tisch, schlürfte langsam die Tasse aus. Es hatte keinen Sinn, länger zu Haus zu bleiben. Lieber gleich hinaus ins Freie.

Sie spazierte eine Weile in den Gassen der Vorstadt herum und empfand das Streichen der Luft um ihre Wangen wie ein besonderes Vergnügen. Was mochte jetzt ihr Bub machen? Wahrscheinlich spielte Elly mit ihm. Berta schlug den Weg nach dem Volksgarten ein; sie freute sich darauf, in den Alleen spazieren zu gehen, in denen sie vor vielen Jahren als Kind gespielt. Durch das Tor gegenüber dem Burgtheater betrat sie den Garten. Um diese frühe Stunde war er spärlich besucht. Kinder spielten auf dem Kies, auf den Bänken saßen Bonnen und Kindermädchen, ganz kleine Mädchen liefen über die Stufen des Theseus-Tempels und unter seinen Säulengängen herum. In den schattigen Alleen ergingen sich meist ältere Leute; junge Männer, die aus großen Heften zu studieren schienen, Damen, die in Büchern lasen, hatten unter kühlen Bäumen Platz genommen. Berta setzte sich auf eine Bank und sah zwei kleinen Mädchen zu, die über eine Schnur sprangen, wie sie es als Kind – ihr schien es, ganz an der gleichen Stelle – so oft getan. Sanfter Wind strich durch das Laub, von weitem hörte sie das Rufen und Lachen von Kindern, die Fangen spielten; das kam immer näher; jetzt liefen sie alle an ihr vorbei. Ein junger Herr in einem langen Gehrock ging langsam an ihr vorüber und wandte sich am Ende der Allee noch einmal nach ihr um, was sie angenehm berührte. Dann kam ein sehr junges Paar vorbei, sie mit einer Notenrolle in der Hand, nett, aber etwas auffallend angezogen, er glattrasiert, mit lichtem Sommeranzug und Zylinder. Berta erschien sich sehr erfahren, da sie in ihm einen angehenden Schauspieler, in ihr eine Musikschülerin mit Sicherheit zu erkennen glaubte. Es war sehr behaglich, hier zu sitzen, nichts zu tun zu haben, allein zu sein und die Menschen so an sich vorbeigehen, laufen, spielen zu lassen. Ja, das wäre schön, in Wien leben und machen können, was man will. Nun, wer weiß, wie sich alles fügen, was die nächste Stunde bringen, wie heut Abend der Ausblick ins Dasein vor ihr liegen wird. Was zwingt sie denn eigentlich, in der entsetzlichen, kleinen Stadt zu leben? So wie sie sich dort durch Lektionen ihr Einkommen verbessert, so könnte sie's doch auch hier tun. Ja, warum nicht? Hier werden die Lektionen auch besser bezahlt, und … Ah, was für ein Einfall! … Wenn er ihr zu Hilfe käme, wenn er, der berühmte Musiker, sie empfähle? Von ihm brauchte es doch gewiß nur ein Wort. Wenn sie mit ihm darüber spräche? Und wäre es nicht auch sehr vorteilhaft im Hinblick auf ihren Buben? In wenig Jahren muß er auf ein Gymnasium, und die sind hier doch gewiß besser als daheim. Nein, es ist gar nicht möglich, daß sie ihr ganzes Leben in der kleinen Stadt verbringt, – in absehbarer Zeit muß sie nach Wien! Ja, auch wenn sie sich hier einschränken muß, und – und … Vergeblich versucht sie die kühnen Gedanken zurückzudrängen, die nun herangestürmt kommen … Wenn sie Emil gefällt, wenn er sie wieder … wenn er sie noch immer liebt – wenn er sie zur Frau begehrt –? Wenn sie nur ein wenig klug ist, wenn sie sich nichts vergibt, wenn sie es versteht, ihn zu fesseln – Sie schämt sich ein wenig ihrer Schlauheit … aber ist es denn so schlimm, daß sie daran denkt; da sie ihn ja liebt? Da sie nie einen andern geliebt hat, als ihn? Und gibt ihr nicht der ganze Ton seines Briefs ein Recht, daran zu denken? Und wie ihr jetzt einfällt, daß sie ihm, dem diese Hoffnungen zustreben, in einigen Minuten gegenüber treten soll, flimmert es ihr vor den Augen. Sie steht auf, sie schwankt beinah. Dort am Ausgang des Gartens gegen den Burgplatz sieht sie das junge Paar verschwinden, das früher an ihr vorübergegangen ist; sie nimmt den gleichen Weg. Drüben sieht sie die Kuppel des Museums ragen und glänzen. Sie will langsam gehen, um nicht allzu erregt oder gar atemlos zu erscheinen, wenn er sie erblickt.

Noch einmal durchschießt es sie wie eine Furcht: – wenn er nicht kommt? Aber wie es immer sei: sie wird diesmal Wien nicht verlassen, ohne ihn gesehen zu haben. Ob es nicht sogar besser wäre, wenn er heute nicht hinkäme? Sie ist jetzt so verwirrt … wenn sie irgend etwas Dummes, Ungeschicktes sagte …? Vom nächsten Augenblick hängt so viel ab – ihre ganze Zukunft vielleicht … Das Museum liegt vor ihr. Nun über die Stufen, durch den Eingang, und sie steht in der großen, kühlen Vorhalle, sieht die mächtige Treppe vor sich, und dort, wo sie sich nach rechts und links scheidet, das ungeheure Marmorstandbild des Theseus, der den Minotauros erschlägt. Langsam steigt sie hinauf, blickt um sich, wird ruhiger. Die Pracht ringsum nimmt sie gefangen. Sie schaut in die Höhe, zu den Galerieen, die im Innern der Kuppel mit goldenen Geländern laufen, – sie hält inne. Hier eine Tür, darüber in goldenen Lettern: Niederländische Schule. Jetzt zuckt ein Stich durch ihr Herz. Die Flucht der Säle liegt vor ihr. Sie sieht da und dort Leute vor den Bildern stehen. Sie tritt in den ersten Saal, betrachtet das erste Bild, das gleich am Eingang hängt, mit Aufmerksamkeit. Die Mappe des Herrn Rupius fällt ihr ein. Und jetzt hört sie die Worte: »Guten Morgen, Berta.«

Es ist seine Stimme. Sie wendet sich um. Er steht vor ihr, jung, schlank, vornehm, etwas blaß, mit einem Lächeln, das nicht ganz ohne Spott scheint, und nickt ihr zu, indem er zugleich ihre Hand nimmt und eine Weile in der seinen behält. Er ist's, und es ist gerade, als wenn sie einander gestern das letztemal gesprochen hätten. »Grüß dich Gott, Emil«, sagt sie, und beide schauen einander an. In seinem Blick ist mancherlei: Vergnügen, Liebenswürdigkeit und irgend etwas Prüfendes. All das fühlt sie sehr genau, während sie ihn mit Augen anschaut, in denen nichts ist als lauteres Glück.

»Also wie geht's dir denn?« fragt er.

»Gut.«

»Komisch frag' ich eigentlich, nach acht oder neun Jahren. Es ist dir wahrscheinlich sehr verschieden ergangen.«

»Das ist schon wahr: Du weißt ja, daß mein Mann vor drei Jahren gestorben ist.« Sie fühlt sich verpflichtet, ein betrübtes Gesicht zu machen.

»Ja, das weiß ich; auch daß du einen Buben hast, weiß ich. Wer hat's mir denn nur erzählt?«

»Wer?«

»Na, es wird mir schon einfallen. Aber daß du dich für Bilder interessierst, ist mir neu.«

Sie lächelt. »Es war auch wirklich nicht wegen der Bilder allein. Aber für gar so dumm darfst du mich nicht halten. Ich interessier' mich schon für Bilder.«

»Ja, ich auch. Wenn ich die Wahrheit sagen soll: lieber als alles andere möcht' ich doch ein Maler sein.«

»Du könntest doch mit dem ganz zufrieden sein, was du erreicht hast.«

»Na, das ist nicht so mit einem Wort zu erledigen. Es ist mir ja ganz angenehm, daß ich schön Violin spielen kann, aber was bleibt davon übrig? Ich meine, wenn ich einmal tot bin, – höchstens mein Name auf kurze Zeit. Das –« seine Augen wiesen auf das Bild, vor dem sie standen – »das ist doch was anderes.«

»Du bist schrecklich ehrgeizig.«

Er sah sie an, aber ohne sich um sie zu kümmern. »Ehrgeiz? Na, so einfach ist das nicht. – Aber lassen wir das. Sonderbare Idee, theoretische Gespräche über Kunst zu führen, wenn man sich hundert Jahre lang nicht gesehen hat! Also red' doch was, Berta! Was machst du denn immer? Wie lebst du denn? Und was ist dir eigentlich eingefallen, mir zu dem dummen Orden zu gratulieren?«

Sie lächelte wieder. »Ich hab' dir wieder einmal schreiben wollen. Und hauptsächlich: ich hab' wieder einmal was von dir hören wollen. Wirklich sehr lieb, daß du mir gleich geantwortet hast.«

»Gar nicht lieb, mein Kind. Ich hab' mich so gefreut, wie plötzlich dein Brief – ich habe deine Schrift sofort erkannt. Du hast nämlich noch immer die Schulmädchenschrift, wie … na, sagen wir: einst, obwohl ich solche Worte nicht gut leiden kann.«

»Warum denn?« fragte sie etwas erstaunt.

Er schaute sie an, dann sagte er rasch: »Also wie lebst du? Du mußt dich doch für gewöhnlich sehr langweilen.«

»Dazu hab' ich nicht viel Zeit«, erwidert sie ernst, »ich gebe nämlich Lektionen.«

»Oh!« sagte er mit einem Ton so unverhältnismäßigen Bedauerns, daß sie sich veranlaßt fühlte, rasch hinzuzusetzen:

»Oh, nicht grad, weil ich's dringend brauche, – immerhin es kommt mir schon zustatten, denn …« Sie fühlt, daß sie am besten tut, ganz aufrichtig mit ihm zu sein: »Von dem wenigen, was ich hab’, könnt’ ich kaum leben.«

»Worin unterrichtest du denn eigentlich?«

»Worin? Hab’ ich dir nicht gesagt, daß ich Klavierlektionen gebe?«

»Klavier? So? Ja richtig … Du warst sehr talentiert. Wenn du damals nicht ausgetreten wärst … Siehst du, eine von den großen Pianistinnen wärst du ja nicht geworden, aber für gewisse Dinge hast du eine ganz ausgesprochene Begabung gehabt. Zum Beispiel, Chopin und die kleinen Sachen von Schumann hast du sehr hübsch gespielt.«

»Du erinnerst dich noch?«

»Im übrigen, du hast doch das bessere Teil erwählt.«

»Wieso?«

»Nun, wenn man nicht das Ganze beherrscht, so ist es schon besser, man nimmt einen Mann und kriegt Kinder.«

»Ich hab’ nur eins.«

Er lachte. »Erzähl’ mir was von dem einen. Und überhaupt von deiner ganzen Existenz.« Sie nahmen in einem kleinen Saal vor den Rembrandts auf dem Divan Platz.

»Was soll ich dir von mir erzählen? Das ist gar nicht interessant. Erzähl’ mir du lieber von dir.« Sie sah ihn mit Bewunderung an. »Dir ist es ja großartig gegangen, du bist ja so berühmt.« Er zuckte ganz leicht, wie unzufrieden, mit der Unterlippe.

»Nun ja«, sagte sie unbeirrt, »erst neulich hab’ ich dein Bild in einer illustrierten Zeitung gesehen.«

»Ja, ja«, sagte er ungeduldig.

»Ich hab’s aber immer gewußt«, setzte sie fort. »Erinnerst du dich noch, wie du damals bei der Schlußprüfung das Mendelssohn-Konzert gespielt hast, da haben’s schon alle gesagt.«

»Ich bitte dich, mein liebes Kind, wir werden uns doch nicht gegenseitig Komplimente machen! Was war dein verstorbener Mann eigentlich für ein Mensch?«

»Ein braver, ja ein edler Mensch.«

»Weißt du übrigens, daß ich deinem Vater etwa acht Tage vor seinem Tode begegnet bin?«

»So?«

»Das weißt du nicht?«

»Er hat bestimmt nichts davon erzählt.«

»Wir sind vielleicht eine Viertelstunde auf der Straße miteinander gestanden. Ich kam damals gerade von meiner ersten Konzertreise zurück.«

»Kein Wort hat er mir erzählt – aber kein Wort!« Sie sagte es beinahe zornig, als hätte ihr Vater damals etwas verabsäumt, was ihr künftiges Leben hätte anders gestalten können. »Aber warum bist du damals nicht zu uns gekommen? Wie kommt das überhaupt, daß du plötzlich ausbliebst, schon lang vorher?«

»Plötzlich? Allmählich.« Er sah sie lang an, und diesmal glitten seine Augen über ihren ganzen Körper herab, so daß sie unwillkürlich ihre Füße unters Kleid und die Arme näher an ihren Leib zog, wie um sich zu verteidigen.

»Also wie kam das eigentlich mit deiner Heirat?«

Sie erzählte die ganze Geschichte, Emil hörte ihr scheinbar aufmerksam zu, doch während sie noch weiter sprach und sitzen blieb, stand er auf und sah durchs Fenster ins Freie. Als sie mit einer Bemerkung über die Gutherzigkeit ihrer Verwandten geendet, sagte er: »Wollen wir uns jetzt nicht, da wir nun einmal da sind, ein paar Bilder anschauen?« Sie gingen langsam durch die Säle, da und dort vor einem Bild verweilend. Berta sagte manchmal: »Schön, wunderschön!« Er nickte dann nur mit dem Kopf. Es schien ihr, als wenn er ganz vergäße, daß er mit ihr hier sei. Sie empfand eine leichte Eifersucht auf das Interesse, das ihm die Gemälde einflößten. Plötzlich fand sie sich vor einem der Bilder, das sie aus der Mappe des Herrn Rupius kannte. Während Emil vorüber wollte, blieb sie stehen und begrüßte das Bild wie einen alten Bekannten. »Wunderschön! Emil!« rief sie. »Nicht wahr, schön ist das? Überhaupt hab' ich die Bilder von Falckenborgh sehr gern.«

Er blickte sie etwas befremdet an.

Sie wurde verlegen und versuchte weiter zu reden: ... »weil so ungeheuer viel, – weil die ganze Welt ...« Sie fühlte, daß sie unehrlich war, ja, daß sie jemanden bestähle, der sich nicht wehren konnte, und setzte daher, wie reuig, hinzu: »Nämlich ein Herr bei uns in der Stadt hat ein Album, oder vielmehr eine Mappe mit Stichen, und daher kenn' ich dieses Bild. Ein gewisser Rupius; er ist schwer krank, denk' dir, ganz gelähmt.« Sie erschien sich verpflichtet, Emil das alles mitzuteilen, denn ihr war, als fragten seine Augen ununterbrochen.

Jetzt sagte er lächelnd: »Das wäre auch ein Kapitel. Es gibt ja bei euch gewiß auch Herren«, er setzte leiser hinzu, als schämte er sich ein wenig des unzarten Scherzes, »die nicht gelähmt sind.«

Ihr war es, als müßte sie den armen Herrn Rupius in Schutz nehmen, und sie sagte: »Er ist ein sehr unglücklicher Mensch.«

Sie erinnerte sich, wie sie gestern bei ihm auf dem Balkon gesessen, und großes Mitleid ergriff sie.

Aber Emil, der seinem eigenen Gedankengang folgte, sagte: »Ja, das möcht' ich eigentlich gern wissen, was du erlebt hast.«

»Du weißt's ja.«

»Ich meine, seit dem Tod deines Mannes.«

Sie verstand jetzt, was er meinte, und war ein wenig verletzt. »Ich lebe nur für meinen Buben«, sagte sie bestimmt. »Ich lasse mir nicht den Hof machen. Ich bin sehr anständig.«

Er mußte über die komisch ernste Art lachen, in der sie dieses Geständnis ihrer Tugend ablegte. Sie fühlte auch gleich, daß sie das hätte anders ausdrücken sollen, und so lachte sie mit.

»Wie lange bleibst du denn in Wien?« fragte Emil.

»Bis morgen oder übermorgen.«

»So kurz? Und wo wohnst du denn eigentlich?«

»Bei meiner Cousine«, erwiderte sie. Irgend etwas hielt sie davon ab, zu erwähnen, daß sie in einem Hotel abgestiegen wäre. Aber sie ärgerte sich gleich über diese dumme Lüge und wollte sich verbessern. Doch Emil sagte rasch:

»Du wirst wohl für mich auch ein wenig Zeit übrig haben, hoff' ich.«

»O ja.«

»Also da könnten wir ja gleich etwas besprechen.« Er sah auf die Uhr. »Oh!«

»Mußt du fort?« fragte sie.

»Ja, ich sollte eigentlich schon um zwölf ...«

Ein heftiges Unbehagen überfiel sie, daß sie so bald wieder allein sein sollte, und sie sagte: »Ich habe Zeit, soviel du willst. Natürlich darf es nicht zu spät sein.«

»Ist deine Cousine so streng?«

»Aber –« sagte sie, »diesmal wohn' ich ja gar nicht bei ihr.«

Er sah sie verwundert an.

Sie wurde rot. »Nur sonst ... ich meine, manchmal ... weißt du, sie hat so viel Familie ...«

»Also du wohnst im Hotel«, sagte er etwas ungeduldig. »Nun, da bist
du ja niemandem Rechenschaft schuldig, und wir können den Abend
ganz gemütlich miteinander verbringen.«

»Aber sehr gern. Ich möchte keineswegs zu spät ... auch im Hotel
möcht' ich nicht zu spät ...«

»Aber nein, wir werden einfach nachtmahlen und um zehn kannst
du schon lange im Bett liegen.«

Sie schritten langsam die große Stiege hinab. »Also wenn's dir recht
ist«, sagte Emil, »treffen wir uns um sieben Uhr.«

Sie wollte erwidern: »So spät?«, doch sie unterdrückte es, da sie ihres
Vorsatzes gedachte, sich nichts zu vergeben. »Ja, um sieben.«

»Und zwar ... wo? ... Im Freien, denk' ich? Da können wir dann
noch immer hin, wohin es uns beliebt, da liegt sozusagen das Leben
vor uns ... ja.« Er schien ihr jetzt auffallend zerstreut. Sie gingen durch
die Vorhalle. Am Ausgang blieben sie stehen. »Um sieben also – bei
der Elisabethbrücke.«

»Ja, schön; um sieben bei der Elisabethbrücke.«

Vor ihnen lag im Mittagssonnenglanz der Platz mit dem Maria-The-
resien-Denkmal. Es war warm, aber ein sehr heftiger Wind hatte sich
erhoben. Es kam Berta vor, als wenn Emil sie prüfend betrachtete. Zu-
gleich schien er ihr kühl und fremd, ein ganz anderer als drin vor den
Bildern. Jetzt sprach er: »Nun wollen wir uns Adieu sagen.«

Sie fühlte sich wie unglücklich, daß er sie verlassen wollte. »Willst du
mich nicht ... oder kann ich dich nicht ein Stück begleiten?«

»Ach nein«, sagte er. »Außerdem stürmt es so. Nebeneinandergehen
und den Hut halten müssen, daß er nicht davonfliegt, ist ein mäßiges
Vergnügen. Überhaupt redet sich's nicht gut auf der Straße, und dann
muß ich mich auch so beeilen ... aber darf ich dich vielleicht zu einem
Wagen bringen?«

»Nein, nein, ich gehe zu Fuß.«

»Kann man auch tun. Also grüß' dich Gott und auf Wiedersehen
heute Abend.« Er reichte ihr die Hand und eilte rasch über den Platz
davon. Sie sah ihm lang nach; er hatte den Hut abgenommen und hielt
ihn in der Hand, während der Wind in seinen Haaren wühlte. Er ging
über den Ring, dann durchs Burgtor und verschwand ihren Blicken.

Unwillkürlich war sie ihm sehr langsam nachgegangen. Warum war
er plötzlich so kühl geworden? Warum hatte er sich so rasch entfernt?
Warum wollte er nicht von ihr begleitet sein? Schämte er sich ihrer?

Sie schaute an sich herunter, ob sie nicht doch vielleicht provinzmäßig und lächerlich angezogen sei. O nein! Und überdies hatte sie an der Art, wie die Leute sie ansahen, bemerken können, daß sie nicht lächerlich, sondern sehr hübsch aussah. Also warum dieser plötzliche Abschied? Sie besann sich der Zeit von früher, und es kam ihr vor, als hätte er damals auch diese sonderbare Weise gehabt, ganz unvermutet ein Gespräch abzubrechen, indem er plötzlich wie entrückt war und sich in seinem ganzen Wesen eine Ungeduld aussprach, die er nicht meistern konnte. Ja, gewiß, das war damals auch so gewesen. Vielleicht minder auffallend als jetzt. Sie erinnerte sich auch, daß sie damals zuweilen über seine Launenhaftigkeit gescherzt und seine »Künstlernatur« dafür verantwortlich gemacht hatte. Und seitdem war er ein größerer Künstler und gewiß noch zerstreuter und unberechenbarer geworden.

Die Mittagsglocken tönten von vielen Türmen, der Wind wurde immer heftiger, Staub flog ihr in die Augen. Sie hatte eine ganze Ewigkeit vor sich, mit der sie nichts anzufangen wußte. Warum wollte er sie denn erst um sieben sehen? Unbewußt hatte sie darauf gerechnet, er würde den ganzen Tag mit ihr verbringen. Was hatte er denn zu tun? Mußte er sich vielleicht für sein Konzert vorbereiten? Und sie stellte sich ihn vor, die Violine in der Hand, an einen Schrank, oder ans Piano gelehnt, so wie er ihr vor vielen Jahren bei ihr zu Hause vorgespielt. Ja, das wäre schön, jetzt auch dabei sein zu können, in seinem Zimmer sitzen, auf dem Sofa, während er spielte, oder ihn auf dem Klavier zu begleiten. Wäre sie wohl zu ihm gekommen, wenn er sie gebeten? Warum hat er es nicht getan? Nein, das konnte er doch nicht in der ersten Stunde des Wiedersehens … Aber abends – wird er sie heute Abend bitten? Und wird sie ihm folgen? Und wenn sie ihm folgt, wird sie ihm irgend etwas anderes verweigern können, um das er sie bitten wird? Er hat ja eine Art, alles so harmlos auszudrücken. Wie er nur über diese ganzen zehn Jahre weggekommen ist! – Hat er nicht mit ihr gesprochen, als hätten sie einander in der Zwischenzeit täglich gesehen? »Guten Morgen, Berta. Wie geht's dir denn?« Ungefähr wie man fragt, wenn man am Abend vorher »Gute Nacht!« und »Auf Wiedersehen!« gesagt hat. Und was hat er seither alles erlebt! – Und wer weiß, wer heut Nachmittag auf dem Divan sitzt in seinem Zimmer, während er am Klavier lehnt und spielt … Ah nein! daran will sie nicht denken. Wenn sie es wirklich ausdenkt, muß sie da nicht einfach wieder nach Hause reisen?

Sie ging am Gitter des Volksgartens vorüber und konnte die Allee sehen, in der sie vor einer Stunde gesessen und durch die jetzt Wolken von Staub fegten. Also das, wonach sie sich so sehr gesehnt, war vorüber, – sie hatte ihn wiedergesehen. War es so schön gewesen, wie sie sich erwartet? Hat sie irgend etwas Besonderes gefühlt, während er an ihrer Seite gegangen, sein Arm den ihren gestreift? – Nein. Hat sie sein Abschied verstimmt? – Vielleicht. Möchte sie wieder fort, ohne ihn wiederzusehen? – Um Gottes willen, nein! Es durchfährt sie wie ein Schreck bei diesem Gedanken. Ist denn ihr Leben nicht seit einigen Tagen wie erfüllt von ihm? Und haben die ganzen Jahre, die hinter ihr lagen, überhaupt einen andern Sinn gehabt, als sie wieder zur rechten Zeit ihm entgegen zu führen? – Ah, wenn sie nur etwas mehr Erfahrung hätte, wenn sie etwas lebensklüger wäre! Sie möchte die Fähigkeit haben, sich selbst einen bestimmten Weg vorzuzeichnen. Sie fragt sich, was das Vernünftigere wäre: zurückhaltend oder hingebend zu sein. Sie möchte wissen, was sie heute Abend tun darf, tun soll, womit sie ihn sicher gewinnen könnte. Sie fühlt, daß sie ihn durch alles erringen, daß sie ihn auch durch alles verlieren kann. Aber sie weiß auch, daß ihr alles Nachsinnen nichts hilft und daß sie tun wird, was er will.

Sie ist vor der Votivkirche, wo die vielen Straßen sich kreuzen. Hier bläst der Wind ganz unerträglich. Es wird Zeit zum Mittagessen. Aber sie will heute nicht in ihr kleines Hotel zurück. Sie wendet sich gegen die innere Stadt. Es fällt ihr plötzlich ein, daß sie ihrer Cousine begegnen könnte, aber das ist ihr ganz gleichgültig. Oder wenn gar ihr Schwager ihr nachgefahren wäre? Auch dieser Gedanke stört sie nicht im geringsten. Sie hat ein Gefühl des Verfügungsrechtes über ihre Person und ihre Zeit, wie nie zuvor. Sie schlendert gemächlich durch die Straßen, vergnügt sich damit, die Auslagen zu betrachten. Auf dem Stephansplatze hat sie den Einfall, auf eine Weile in die Kirche zu treten. In dem dämmrigen, kühlen Riesenraum überkommt sie ein tiefes Wohlgefühl. Sie ist niemals fromm gewesen, doch in Gotteshäuser tritt sie nie ohne Andacht, und ohne ihre Gebete in eine bestimmte Form zu kleiden, hat sie doch stets irgend eine Art gesucht, ihre Wünsche zum Himmel empor zu senden. Sie wandelt in der Kirche zuerst umher wie eine Fremde, die einen schönen Bau besichtigt. Vor einem kleinen Altar in einer Seitenkapelle setzt sie sich auf eine Bank.

Der Tag ihrer Trauung fiel ihr ein, und sie sah sich mit ihrem verstorbenen Mann vor dem Priester stehen, – aber das war so unendlich weit und berührte ihre Seele so wenig, als wenn sie an ganz fremde Menschen dächte. Doch plötzlich, wie ein Bild in einer Zauberlaterne sich ändert, sah sie statt ihres Mannes Emil an ihrer Seite, und so gänzlich ohne Mithilfe ihres Willens schien dieses Bild dazustehen, daß es ihr wie eine Ahnung, ja wie eine vom Himmel gesandte Vorhersage scheinen wollte. Unwillkürlich faltete sie die Hände und sagte leise: »Laß es so werden.« Und als käme ihrem Wunsche dadurch noch bessere Kraft, blieb sie auf der Bank eine Weile sitzen und versuchte, das Bild festzuhalten. Nach einigen Minuten trat sie wieder auf die Straße, wo das volle Licht und der Lärm sie als etwas so Neues, lang nicht Erlebtes anmutete, als hätte sie ganze Stunden in der Kirche verbracht. Sie fühlte sich ruhig und wie von Hoffnungen umschwebt.

In einem vornehmen Hotelrestaurant in der Kärnthnerstraße speiste sie zu Mittag. Sie war gar nicht befangen und fand es recht kindisch, daß sie nicht lieber in einem Gasthof ersten Ranges abgestiegen war. Wieder zu Hause in ihrem Zimmer angelangt, kleidete sie sich aus; sie war durch die ungewohnt reichliche Mahlzeit und den genossenen Wein in einen solchen Zustand von Mattigkeit geraten, daß sie sich auf dem Divan ausstreckte und einschlief. Erst um fünf Uhr erwachte sie. Sie hatte keine rechte Lust, sich zu erheben. Sonst um diese Stunde ... Was täte sie jetzt wohl, wenn sie nicht nach Wien gereist wäre? Wenn er ihr nicht geantwortet – wenn sie ihm nicht geschrieben? Wenn er keinen Orden bekommen? Wenn sie nie sein Bild in einer illustrierten Zeitung gesehen? Wenn nichts sein Dasein ihr ins Gedächtnis zurückgerufen hätte? Wenn er ein kleiner, unbekannter Geiger in irgend einem Vorstadt-Orchester geworden wäre? Was für sonderbare Gedanken! Liebt sie ihn denn, weil er berühmt ist? Was bedeutet ihr das alles? Ja, interessiert sie sich denn überhaupt für sein Violinspiel? ... War es ihr nicht lieber, wenn er nicht berühmt und bewundert wäre? – Gewiß, da würde sie sich ihm viel näher, viel verwandter fühlen, da hätte sie nicht diese Unsicherheit ihm gegenüber, und auch er wäre anders zu ihr. – Er ist ja auch jetzt sehr liebenswürdig und doch ... jetzt kommt es ihr zu Bewußtsein ... irgend etwas ist heute zwischen ihnen gewesen und hat sie getrennt. Ja, und das ist nichts anderes, als daß er ein Mensch ist, den die ganze Welt kennt, und sie nichts als eine kleine dumme Frau aus der Provinz. Und sie sieht ihn plötzlich vor sich, wie er im Saal vor den Rembrandts gestanden und zum Fenster hinausgeschaut, während sie erzählt hat; wie er ihr kaum Adieu gesagt, und wie er von ihr fortgegangen, ja geradezu geflohen war. Aber hatte sie denn selbst irgend etwas empfunden wie für jemanden, den man liebt? Ist sie glücklich gewesen, während er zu ihr sprach? Hat sie sich gesehnt, ihn zu küssen, während er neben ihr stand? ... Nichts von alledem. Und jetzt – freut sie sich auf den Abend, der kommt? Freut sie sich, ihn in zwei Stunden wiederzusehen? Und wenn sie sich durch einen Wunsch hinversetzen könnte, wohin sie will, wäre sie jetzt vielleicht nicht lieber daheim, bei ihrem Buben, ginge mit ihm zwischen den Weingeländen spazieren ohne Angst, ohne Aufregung, mit gutem Gewissen, als brave Mutter, als anständige Frau, statt hier in dem ungemütlichen Hotelzimmer auf einem schlechten Divan zu liegen und unruhig und doch ohne Sehnsucht die nächsten Stunden zu erwarten? Sie denkt an die Zeit, die noch so nahe ist, da sie sich um nichts gekümmert, als um ihren Buben, um die Wirtschaft und um ihre Lektionen – ist sie da nicht zufrieden, beinahe glücklich gewesen? ... Sie schaut um sich. Das kahle Hotelzimmer mit den häßlich blau und weiß gemalten Wänden, den Staub- und Schmutzflecken oben an der Decke, dem Schrank mit der halboffenen Türe ist ihr sehr widerwärtig. Nein, das ist nichts für sie! Auch an das Mittagessen in dem vornehmen Hotel denkt sie jetzt mit Unbehagen zurück, ebenso an ihr Umherlaufen in der Stadt, an ihr Müdewerden, an den Wind und den Staub; es ist ihr, als ob sie herumvagabundiert wäre. Und jetzt fällt ihr noch etwas ein: wenn sich zu Hause irgend was ereignet! – Ihr Kleiner kann Fieber bekommen, man telegraphiert nach Wien an ihre Cousine, oder man kommt gar sie suchen, und man findet sie nicht, und es stellt sich heraus, daß sie gelogen hat, wie irgend eine schlechte Person, die eben Ursache dazu hat ... Entsetzlich! wie steht sie da! Vor ihrer Schwägerin, vor dem Schwager, vor Elly, vor ihrem erwachsenen Neffen, ... vor der ganzen Stadt, die es ja gleich erfahren wird, ... vor Herrn Rupius! – Nein, wahrhaftig, sie ist nicht geschaffen für solche Dinge! Wie kindisch, wie ungeschickt hat sie es doch angefangen, so daß es nur des kleinsten Zufalls braucht, um sie zu verraten. Ja, hatte sie sich denn das alles gar nicht überlegt? War sie nur von der Idee besessen gewesen, ihn wiederzusehen, und hatte sie dafür alles aufs Spiel gesetzt ... ihren guten Ruf, ja ihre ganze Zukunft?! – Denn wer weiß, ob nicht die Familie sich von ihr lossagt und sie ihre Lektionen verliert, wenn alles herauskommt? ... Alles ... Aber was kommt denn heraus? Was ist denn geschehen? Was hat sie sich vorzuwerfen? – Und mit dem beglückenden Gefühl reinen Gewissens darf sie sich antworten: Nichts.

Und sie kann ja noch heute ... gleich jetzt mit dem Sieben-Uhr-Zug Wien verlassen, um zehn wieder daheim sein in ihrer Wohnung, in ihrem traulichen Zimmer, bei ihrem geliebten Buben ... Ja, das kann sie; allerdings ist ihr Bub nicht zu Haus, ... aber sie könnte ihn holen lassen ... Nein, sie wird es nicht tun, sie wird nicht zurückfahren, ... nein, dazu liegt kein Anlaß vor – morgen früh ist's auch noch nicht zu spät. Sie wird eben heute Abend von Emil Abschied nehmen, ... sie wird ihm gleich mitteilen, daß sie morgen früh wieder nach Hause fährt, daß sie überhaupt nur gekommen ist, ihm einmal die Hand zu drücken ... ja, so ist es am besten. Oh, er kann sie auch bis zu ihrem Hotel begleiten, ach Gott, auch mit ihr nachtmahlen, in einem Gartenrestaurant, ... und sie wird von ihm gehen, wie sie gekommen ... Und überdies, aus seinem Benehmen wird sie ersehen, wie er sich eigentlich zu ihr stellt; sie wird sehr zurückhaltend sein, sogar kühl, und es wird ihr sehr leicht ankommen, denn sie fühlt sich vollkommen ruhig. Es ist ihr, als wären alle Wünsche wieder eingeschlafen, und sie fühlt es wie ihre Bestimmung, eine anständige Frau zu bleiben. Sie hat als junges Mädchen den Versuchungen widerstanden, ihrem Gatten ist sie treu gewesen, ihre ganze Witwenzeit war bisher ohne Anfechtungen verlaufen, ... nun, kurz und gut, wenn er sie zu seiner Frau nehmen will, wird sie sehr froh darüber sein, aber jeden kühneren Antrag wird sie mit derselben Strenge abweisen wie ... wie ... vor zwölf Jahren, als er ihr hinter der Paulanerkirche sein Fenster gezeigt hat.

Sie steht auf, sie dehnt sich, reckt die Hände, geht zum Fenster. Der Himmel ist trübe geworden, vom Gebirg her ziehen Wolken, aber der Sturm hat sich gelegt. Sie macht sich zum Fortgehen bereit.

Kaum war Berta ein paar Schritte vom Hotel entfernt, begann es zu regnen. Unter dem aufgespannten Schirm kam sie sich gegen unerwünschte Begegnungen geschützt vor. In der Luft verbreitete sich ein angenehmer Geruch, als sänke mit dem Regen ein Duft der nahen Wälder über die Stadt. Berta überließ sich ganz dem Vergnügen des Spazierengehens, selbst das Ziel ihres Weges schwebte ihr nur wie im Nebel vor. Sie war von der Fülle wechselnder Empfindungen endlich so müde geworden, daß sie gar nichts mehr empfand. Sie war ohne Angst, ohne Hoffnung, ohne Vorsatz. Sie ging wieder an den Gärten vorbei über den Ring und freute sich des feuchten Fliederdufts. Heute Vormittag hatte sie gar nicht bemerkt, daß alles in violetten Blüten prangte. Ein Einfall brachte ein

Lächeln auf ihre Lippen: sie trat in eine Blumenhandlung und kaufte ein kleines Veilchenbukett. Während sie die Veilchen an den Mund führte, kam eine große Zärtlichkeit über sie; sie dachte: jetzt um sieben geht der Zug nach Hause ab, und sie freute sich, als hätte sie jemanden überlistet. Sie ging langsam quer über die Brücke und erinnerte sich, wie sie sie vor wenigen Tagen überschritten, um in die Gegend seiner früheren Wohnung zu kommen und jenes Fenster wiederzusehen. Hier ist das Menschengewühl groß, zwei Ströme, der eine von der Vorstadt in die Stadt, von der Stadt in die Vorstadt der andere, fluten durcheinander, Wagen aller Art fahren vorbei, Klingeln, Pfeifen, Rufen der Kutscher ertönt, Berta versucht stehen zu bleiben, wird aber vorwärts geschoben. Plötzlich hört sie ganz neben sich einen Pfiff. Ein Wagen hält, ein Kopf beugt sich zum Fenster heraus ... er ist es. Er winkt sie mit den Augen herbei; einige Leute werden sofort aufmerksam und haben große Lust zu hören, was der junge Mann der Dame, die an seinen Wagen herantritt, zu sagen hat. Er spricht ganz leise:

»Willst du einsteigen?«

»Einsteigen ...?«

»Nun ja, es regnet doch.«

»Ich möcht' eigentlich lieber zu Fuß gehen.«

»Wie du willst.« Emil steigt rasch aus, bezahlt den Kutscher, und Berta merkt mit einigem Schreck, daß etwa ein halbes Dutzend Menschen ringsum sehr gespannt sind, wie sich diese merkwürdigen Vorgänge weiter entwickeln werden. Emil sagt zu Berta: »Komm.« Rasch übersetzen beide die Straße und entgehen so dem ganzen Gewühl. Jetzt spazieren sie langsam längs des Wienbetts in einer wenig belebten Straße weiter.

»Du hast ja nicht einmal einen Schirm, Emil!«

»Willst du mich nicht unter den deinen nehmen? Wart', so geht das nicht.« Er nimmt ihr den Schirm aus der Hand, hält ihn über sie beide und schiebt seinen Arm unter den ihren. Jetzt fühlt sie, es ist *sein* Arm, und freut sich sehr.

»Mit dem Land ist's leider nichts«, sagt er.

»Schade.«

»Also was hast du den ganzen Tag gemacht?«

Sie erzählt ihm von dem vornehmen Restaurant, in dem sie gespeist hat.

»Ja, warum hab’ ich denn das nicht gewußt? Ich dachte, du bist bei deiner Cousine zu Mittag; wir hätten ja so gut zusammen frühstücken können!«

»Du hast ja so viel zu tun gehabt«, sagt sie, und ist ein wenig stolz, daß sie diesen leichten Ton des Spottes findet.

»Nun ja, nachmittags allerdings; eine halbe Oper hab’ ich mir anhören müssen.«

»Wieso denn?«

»Es war ein junger Komponist bei mir, – übrigens ein sehr talentierter Mensch.«

Sie ist sehr froh; also in dieser Weise verbringt er seine Nachmittage.

Er blieb stehen, und ohne ihren Arm auszulassen, blickte er ihr ins Gesicht. »Weißt du, daß du eigentlich viel hübscher geworden bist? Ja, in allem Ernst! Aber jetzt erzähl’ mir einmal aufrichtig, wie du auf die Idee gekommen bist, mir zu schreiben.«

»Ich hab’ dir’s ja gesagt.«

»Hast du denn in der ganzen Zeit an mich gedacht?«

»Sehr viel.«

»Auch während du verheiratet warst?«

»Gewiß, ich habe immer an dich gedacht. Und du?«

»Oft, sehr oft.«

»Aber ...«

»Nun, was?«

»Du bist eben ein Mann.«

»Ja, – aber was meinst du damit?«

»Du hast gewiß viele lieb gehabt.«

»Lieb gehabt ... lieb gehabt ... O ja, auch.«

»Aber ich«, sagte sie lebhaft, als bräche die Wahrheit übermächtig aus ihr hervor, »ich habe niemanden geliebt als dich.«

Er nahm ihre Hand und führte sie an seine Lippen. Dann sagte er: »Das lassen wir doch lieber dahingestellt.«

»Ich hab’ dir auch Veilchen mitgebracht.«

Er lächelte. »Sollen die mir’s beweisen? Du hast das so gesagt, als hättest du nichts anderes getan, seit wir uns nicht gesehen, als Veilchen für mich gepflückt oder wenigstens gekauft. Übrigens, danke schön. Warum hast du denn nicht in den Wagen einsteigen wollen?«

»Ja, das Spazierengehen ist doch so hübsch.«

»Aber auf die Dauer ... Wir nachtmahlen doch miteinander?«

»Ja recht gern. – Hier ist zum Beispiel ein Gasthaus«, setzte sie eilig hinzu.

Sie gingen jetzt durch stillere Gassen. Es dämmerte.

Er lachte. »Ah nein, das wollen wir uns doch ein bißchen gemütlicher einrichten.«

Sie schaute zu Boden. Dann sagte sie: »Wir müssen uns doch nicht an einen Tisch zu fremden Leuten setzen.«

»Gewiß nicht. Wir werden sogar irgendwohin gehen, wo gar keine andern sind.«

»Was fällt dir ein!« sagte sie. »Das tu’ ich nicht.«

Er zuckte die Achseln. »Ganz wie du willst. Hast du schon Appetit?«

»Nein, gar nicht.«

Sie schwiegen beide. Dann sagte er: »Werd’ ich nicht einmal deinen Buben kennen lernen?«

»Gewiß«, entgegnete sie erfreut. »Wann du willst.« Sie begann von ihm zu erzählen und kam dann auf ihre Familie zu sprechen. Emil warf zuweilen eine Frage dazwischen und bald wußte er alles, was in der kleinen Stadt vorging, bis zu den Bemühungen Klingemanns, von denen Berta lachend, aber mit einer gewissen Befriedigung berichtete.

Die Laternen brannten, auf dem feuchten Pflaster spiegelte das Licht.

»Liebes Kind, wir können ja nicht die ganze Nacht auf der Straße herumlaufen«, sagte Emil plötzlich.

»Ja … ich kann doch nicht mit dir in ein Restaurant … Denke nur, wenn ich zufällig meine Cousine treffe oder sonstwen.«

»Sei unbesorgt, es wird uns niemand sehen.« Rasch trat er in einen Torweg und schloß den Schirm.

»Was willst du denn?« Sie sah in einen großen Garten. Nahe den Mauern, von denen aus schützende Segelleinwand gespannt war, saßen Leute an gedeckten Tischen.

»Da, meinst du?«

»Nein. Komm nur.« Gleich rechts vom Tor befand sich eine kleine Tür, die angelehnt war. »Hier herein.«

Sie befanden sich in einem schmalen, beleuchteten Gang, an dessen beiden Seiten je eine Reihe von Türen lief. Ein Kellner grüßte, schritt voraus, an allen Türen vorbei, die letzte öffnete er, ließ die Gäste eintreten und schloß hinter ihnen wieder zu. In der Mitte des kleinen Zimmers stand ein Tischchen mit drei Gedecken, an der Wand ein blau-samtenes Sofa, gegenüber hing ein goldgerahmter, ovaler Spiegel, vor welchem

Berta ihren Hut abnahm und auf dessen Glas sie die Namen »Irma« und »Rudi« eingekritzt sah. Zugleich sah sie im Spiegel, daß Emil hinter sie trat. Er legte seine Hände an ihre Wangen, beugte ihren Kopf nach rückwärts zu sich und küßte sie auf die Lippen. Dann wandte er sich ab, ohne zu reden, und klingelte. Ein sehr junger Kellner trat sofort ein, als wenn er vor der Tür gewartet. Nachdem der seinen Auftrag entgegengenommen hatte, ging er, und Emil setzte sich. »Nun, Berta?« Sie wandte sich ihm zu, er faßte leicht ihre Hand und ließ sie auch noch nicht los, als Berta schon in der Sofaecke neben ihm Platz genommen. Unwillkürlich berührte sie mit ihrer andern Hand seine Haare.

Ein älterer Kellner trat ein, und Emil stellte das Menü zusammen. Berta war mit allem einverstanden. Als der Kellner verschwunden war, sagte Emil: »Muß man da nicht fragen: warum erst heut?«

»Wie meinst du das?«

»Warum hast du mir nicht längst geschrieben?«

»Ja … hättest du früher deinen Orden bekommen!«

Er hielt ihre Hand in der seinen und küßte sie.

»Du kommst ja so oft nach Wien.«

»O nein.«

Er sah auf. »Du hast mir doch so was Ähnliches geschrieben?«

Sie erinnerte sich jetzt und wurde rot. »Nun ja, … manchmal … Erst am Montag bin ich da gewesen.«

Der Kellner brachte Sardinen und Kaviar und ging.

»Nun«, sagte Emil, »es ist wahrscheinlich gerade die rechte Zeit.«

»Inwiefern?«

»Daß wir einander wieder begegnet sind.«

»O, ich hab' mich oft nach dir gesehnt.«

Er schien nachzusinnen. Dann sagte er: »Und daß es damals so war und nicht anders, ist vielleicht auch gut. Gerade deswegen ist die Erinnerung so wunderschön.«

»Ja, wunderschön.«

Sie schwiegen beide. Dann sagte sie: »Erinnerst du dich …« Und nun begann sie von der fernen Zeit zu reden, von den Spaziergängen im Stadtpark, und von seinem ersten Auftreten im Konservatorium. Er nickte zu alldem, hielt seinen Arm auf der Lehne des Sofas und berührte leicht die Haare, die sich ihr im Nacken kräuselten. Zuweilen warf er ein Wort dazwischen. Auch er erinnerte sich; er wußte sogar noch von

einem Ausflug, an einem Sonntag Vormittag in die Praterauen, den sie
selbst vergessen hatte.

»Und weißt du noch«, sagte Berta, »wie wir uns ...« sie zögerte, es
auszusprechen, »einmal beinah verlobt haben?«

»Ja«, sagte er. »Und wer weiß ...« Er wollte vielleicht sagen: es wäre
das Beste für mich gewesen, wenn ich dich geheiratet hätte – aber er
sagte es nicht.

Emil bestellte Champagner.

»Es ist noch nicht lang«, sagte Berta, »daß ich das letztemal Champa-
gner getrunken; vor einem halben Jahr, als der fünfzigste Geburtstag
meines Schwagers gefeiert wurde.« Sie dachte an die Gesellschaften bei
ihrem Schwager, und es schien ihr wunderbar, wie weit das alles war:
die ganze kleine Stadt und alle, die dort lebten. Der junge Kellner
brachte den Eiskübel mit dem Wein. In diesem Augenblick fiel es Berta
ein, daß Emil gewiß hier schon manchmal mit anderen Frauen gewesen
war. Aber es war ihr ziemlich gleichgültig.

Sie stießen mit den Gläsern an und tranken. Emil umschlang Berta
und küßte sie. Dieser Kuß erinnerte sie an etwas ... Woran denn nur?
... An die Küsse von einst, da sie ein junges Mädchen war? ... An die
Küsse ihres Mannes? ... Nein ... Und plötzlich fiel es ihr ein: geradeso
hatte ihr kleiner Neffe sie neulich geküßt.

Der Kellner brachte Obst und Backwerk. Emil legte für Berta einige
Datteln und Trauben auf den Teller.

»Warum sprichst du nichts?« fragte Berta. »Warum läßt du immer
nur mich reden? Und du könntest doch soviel erzählen!«

»Ich ...?« Er schlürfte langsam den Wein.

»Nun ja, von deinen Reisen.«

»Ach Gott, es ist eine Stadt wie die andere. Du darfst ja nicht verges-
sen, daß ich nur selten zu meinem Vergnügen reise.«

»Ja, natürlich.« Sie hatte die ganze Zeit nicht daran gedacht, daß es
der berühmte Geigenvirtuose Emil Lindbach war, mit dem sie hier saß,
und sie fühlte sich verpflichtet zu sagen: »Nächstens spielst du ja hier.
Ich möchte dich gern wieder hören.«

Er erwiderte trocken: »Niemand auf der Welt wird dich daran hin-
dern.«

Es ging ihr durch den Sinn, daß es ihr eigentlich viel lieber wäre, ihn
nicht im Konzert, sondern für sich allein zu hören. Fast hätte sie's aus-
gesprochen, da fiel ihr aber ein, daß das nichts anderes hieße, als: ich

will zu dir. – Und wer weiß, vielleicht ist sie sehr bald bei ihm. – Ihr wird so leicht, wie immer, wenn sie etwas Wein getrunken hat ... Doch nein, es ist anders als sonst; – nicht der sanfte Rausch, in dem sie nur ein wenig heiter wird, es ist besser, schöner. Und nicht die paar Tropfen Wein machen das, das macht die Berührung dieser lieben Hand, die ihr über Stirn und Haare streicht. Er hat sich neben sie gesetzt und zieht ihren Kopf an seine Schultern. So möchte sie einmal schlummern ... ja, wahrhaftig, nichts anderes möchte sie ... Jetzt hört sie ihn flüstern: »Schatz ...« Sie zittert leise. Warum erst heute? Hätte sie das nicht alles früher haben können? Was hatte das überhaupt für einen Sinn, so zu leben wie sie? ... Das, was sie jetzt tat, war doch nichts Böses ... Und wie süß war es, den Atem eines jungen Mannes über den Augenlidern zu fühlen ... Nein, nein – nicht eines jungen Mannes ... eines Geliebten ... Sie hatte die Augen geschlossen. Sie versuchte gar nicht, sie wieder zu öffnen, wollte gar nicht wissen, wo sie war, mit wem sie war ... Wer ist's denn nur? ... Richard? ... Nein ... schläft sie denn ein? ... Sie ist hier mit Emil ... Mit wem? ... Wer ist denn dieser Emil? ... Wie schwer das ist, sich darüber klar zu werden! ... Dieser Hauch über ihren Lidern, ist der Atem ihres Jugendgeliebten – und zugleich der eines berühmten Künstlers, der nächstens ein Konzert gibt ... und zugleich eines Menschen, den sie viele tausend Tage nicht gesehen hat ... und zugleich der eines Herrn, mit dem sie allein im Restaurant sitzt und der jetzt mit ihr machen kann, was er will ... Sie fühlt seinen Kuß auf den Augen ... Wie zärtlich er ist ... und wie schön ... Wie sieht er denn nur aus? ... Sie braucht nur die Augen zu öffnen, und sähe ihn ganz genau ... Aber sie will ihn lieber sich vorstellen, ohne ihn zu sehen ... Nein, wie komisch – das ist ja gar nicht sein Gesicht! ... Das ist ja das des jungen Kellners, der eben hinausgegangen ... Wie sieht denn nur Emil aus? ... So –? ... Nein, nein, das ist ja Richard ... Aber fort ... fort ... Ist sie denn so gemein, daß sie an lauter andere Männer denkt, während sie ... mit ihm ... Wenn sie nur die Augen öffnen könnte! ... Ah! – Sie bewegt sich heftig, so daß sie Emil beinahe fortstößt, – jetzt reißt sie die Augen weit auf.

Emil sieht sie lächelnd an und fragt: »Hast du mich lieb?« Sie zieht ihn an sich und küßt ihn selbst, zum ersten Male heut küßt sie ihn selbst, und zugleich fühlt sie, daß sie jetzt etwas tut, was einem Vorsatz von heut morgen widerspricht ... Was wollte sie nur? – Sich nichts vergeben, sich versagen ... Ja, gewiß war irgendein Moment, in dem sie das wollte, aber warum? Sie hat ihn ja lieb, und der Augenblick ist da, den sie seit Tagen erwartet,- nein, seit Jahren! - Noch immer ruhen ihre Lippen aufeinander ... Ah, sie möchte in seinen Armen ... sie möchte ganz die Seine sein! - Er soll nichts mehr reden ... er soll sie mit sich nehmen ... er wird es fühlen, daß ihn keine andere so lieben kann wie sie ...

Emil steht auf, geht in dem kleinen Zimmer ein paarmal hin und her. Sie setzt das Glas wieder an den Mund. Emil sagt leise: »Nicht mehr, Berta.« Ja, er hat recht, - was tut sie denn? will sie sich denn berauschen? Braucht es das? Sie ist ja niemandem Rechenschaft schuldig, sie ist frei, sie ist jung, sie will auch endlich einmal glücklich sein!

»Wollen wir nicht gehen?« sagt Emil. Berta nickt. Er hilft ihr beim Anlegen der Jacke, sie steht beim Spiegel und steckt die Nadel durch den Hut. Sie gehen. Vor der Tür steht der junge Kellner und grüßt. Ein Wagen hält vor dem Tor, Berta steigt ein; sie hört nicht, was Emil dem Kutscher sagt. Emil setzt sich zu ihr. Beide schweigen, eng aneinander gedrängt. Der Wagen rollt fort, lang, lang - Wo mag denn Emil nur wohnen? Vielleicht auch läßt er den Kutscher absichtlich einen Umweg machen, weil er weiß, wie angenehm es ist, so zusammen durch die Nacht zu fahren. - Der Wagen hält. Emil steigt aus. »Gib mir deinen Schirm«, sagt er. Sie reicht ihn aus dem Wagen, er spannt ihn auf. Sie steigt aus; sie stehen beide unter dem Schirm, auf den der Regen niederprasselt. - Ist das die Gasse, in der er wohnt? - Das Tor öffnet sich; sie treten in den Flur, Emil nimmt dem Portier die Kerze aus der Hand. Eine schöne, breite Stiege. Im ersten Stock schließt Emil eine Tür auf. Sie treten ein, durch einen Vorraum, in einen Salon. Emil entzündet mit der Kerze, die er in der Hand hält, zwei andere auf dem Tisch, dann tritt er zu Berta, führt sie, die noch an der Tür wie wartend stand, weiter herein, nimmt ihr die Nadel aus dem Hut und legt den Hut auf den Tisch. Im unbestimmten Licht der zwei schwach brennenden Kerzen sieht Berta nur, daß an der Wand ein paar kolorierte Bilder hängen, - die Porträts der Majestäten, wie ihr scheint, - daß an der einen Wand ein breiter Divan mit einem persischen Teppich steht und nah dem Fenster ein kleines Pianino mit einer Anzahl eingerahmter Photographien auf dem Deckel. - Darüber hängt ein Bild, das sie aber nicht zu erkennen vermag. Dort drüben fallen rote Portieren herab zu Seiten einer Tür, die halb offen steht, - irgend etwas Weißes leuchtet durch die breite

Spalte herein. Sie kann die Frage nicht länger zurückhalten: »Wohnst du hier?«

»Wie du siehst.«

Sie blickt vor sich hin. Auf dem Tische steht eine Karaffe mit Likör und zwei Gläschen, ein kleiner Aufsatz mit Obst und Backwerk.

»Ist das dein Studierzimmer?« Ihre Augen suchen unwillkürlich nach einem Pult, wie es Geigenspieler brauchen. Er führt sie, den Arm um ihre Taille, vor das Pianino; dort setzt er sich hin, zieht sie auf seine Knie. »Ich will's dir nur lieber gestehen«, sagt er dann einfach und beinahe trocken, »ich wohne eigentlich nicht hier. Nur unseretwegen … hab' ich … für einige Zeit … ich hab' es für vernünftig gehalten … Wien ist nämlich eine Kleinstadt, und ich wollte dich nicht nachts in meine Wohnung bringen.«

Sie sieht es ein, und doch ist es ihr nicht ganz recht. Sie blickt auf. Jetzt kann sie die Konturen des Bildes über dem Pianino wahrnehmen: es ist eine nackte Frauengestalt. Berta hat ein merkwürdige Lust, das Bild ganz genau zu sehen. »Was ist das?« fragt sie.

»Kein Kunstwerk«, antwortet Emil. Er brennt ein Zündhölzchen an und leuchtet damit in die Höhe. Sie merkt, daß es ein ganz miserables Bild ist, aber es ist ihr zugleich, als sähe das gemalte Weib mit lachenden, frechen Augen auf sie herab, und sie ist froh, wie das Zündhölzchen verlischt.

»Du könntest mir jetzt eigentlich«, sagt Emil, »auf dem Klavier etwas vorspielen.« Sie wundert sich, daß er so kühl ist. Weiß er denn nicht, daß sie bei ihm ist …? … Aber fühlt denn sie selbst etwas Besonderes? … Nein … eine sonderbare Traurigkeit scheint hier aus allen Ecken zu quellen … Warum hat er sie nicht lieber in seine Wohnung genommen? … Was mag das für ein Haus sein? … Sie bedauert jetzt, daß sie nicht mehr Wein getrunken hat … Sie möchte nicht so nüchtern sein …

»Nun, willst du mir nicht vorspielen?« sagt Emil. »Denke, wie lang ich dich nicht gehört habe.«

Sie setzt sich und greift einen Akkord. »Ich hab' ja alles verlernt.«

»Versuch's nur.« Sie spielt ganz leise das Albumblatt von Schumann, und sie erinnert sich, wie sie vor wenig Tagen daheim spät abends phantasiert hat und Klingemann vor dem Fenster auf und ab spaziert ist; auch an das Gerücht von dem lasziven Bild in seinem Zimmer muß sie denken. Und unwillkürlich blickt sie wieder zu der nackten Frau über dem Pianino auf, die jetzt ins Leere schaut.

Emil hat sich einen Stuhl neben den ihren gerückt. Er zieht sie an sich und küßt sie, während ihre Finger immer weiter spielen und endlich ruhig auf den Tasten liegen bleiben. Berta hört, wie der Regen an die Fensterscheiben schlägt, und ein Gefühl von Zuhausesein kommt über sie.

Jetzt ist ihr, als wenn Emil sie in die Höhe trüge; ohne sie aus den Armen zu lassen, war er aufgestanden und führt sie langsam. Sie fühlt, wie ihr rechter Arm an der Portiere streift ... die Augen hält sie geschlossen ... Über ihren Haaren fühlt sie Emils kühlen Atem ...

Als sie auf die Straße traten, hatte der Regen aufgehört, aber in der Luft war eine wunderbare Milde und Feuchtigkeit. Die meisten Laternen waren schon ausgelöscht, erst dort an der Straßenecke brannte wieder eine. Da auch der Himmel noch mit Wolken bedeckt war, lag eine tiefe Dunkelheit auf dem Weg. Emil hatte Berta den Arm gereicht, sie gingen schweigend. Eine Turmuhr schlug: eins. Berta wunderte sich. Sie hatte den Morgen nahe geglaubt; aber sie freute sich nun, in der weichen, stillen Luft, an seinen Arm gelehnt, stumm durch die Nacht zu wandeln, denn sie liebte ihn sehr.

Sie traten auf einen freien Platz; vor ihnen lag die Karlskirche.

Emil rief einen Kutscher an, der, auf dem Trittbrett seines offenen Wagens sitzend, eingeschlafen war. »Es ist so schön«, sagte Emil, »wir können noch ein bißchen spazieren fahren, eh ich dich in dein Hotel bringe – ja?«

Der Wagen setzte sich in Bewegung. Emil hatte den Hut abgenommen, sie legte ihn auf ihren Schoß; auch das tat ihr wohl. Sie betrachtete Emil von der Seite, seine Augen schienen ins Weite zu schauen. »Woran denkst du?«

»Ich ...? Um die Wahrheit zu sagen, denk' ich an eine Melodie aus der Oper, die mir dieser Mensch Nachmittag vorgespielt hat. Aber es wird eine andere daraus.«

»An Melodien denkst du jetzt ...?« sagte Berta lächelnd, aber mit einem leichten Vorwurf. –

Wieder ein Schweigen. Der, Wagen fuhr langsam über die menschenleere Ringstraße, vorbei an Oper, Museum, Volksgarten.

»Emil?«

»Was willst du, mein Schatz?«

»Wann werd' ich dich endlich wieder spielen hören?«

»Ich spiele ja dieser Tage in einem Konzert.« Er sagte es, als wenn es ein Spaß wäre.

»Nein, Emil, – du, für mich allein. Das wirst du doch einmal tun … ja? Ich bitte dich.«

»Ja, ja.«

»Es läge mir soviel daran. Ich möchte, daß du weißt: es ist niemand da als ich, die dich hört.«

»Nun ja. Aber lassen wir das doch jetzt.« Er sagte es so bestimmt, als nähme er irgend etwas vor ihr in Schutz. Sie verstand nicht, weshalb ihm das, worum sie ihn gebeten, unangenehm sein könnte, und fuhr fort: »Es bleibt doch dabei: morgen Nachmittag um fünf bei dir?«

»Ja. Ich bin neugierig, ob es dir bei mir gefallen wird.«

»O gewiß. Sicher ist es bei dir schöner als da, wo wir waren. Und bleiben wir den Abend zusammen? – Weißt du, ich meine nur, ob ich nicht für meine Cousine …«

»Aber lieber Schatz, machen wir doch lieber kein Programm.« Dabei legte er den Arm um ihren Nacken, als wollte er ihr so die Zärtlichkeit geben, die nicht im Ton seiner Worte lag.

»Emil!«

»Nun?«

»Morgen wollen wir die Kreutzersonate zusammen spielen – das Andante wenigstens.«

»Aber liebes Kind, lassen wir doch endlich die Musik. Ich glaub' schon, daß du dich riesig dafür interessierst.« Er sagte es wieder in jener unbestimmten Art, von der sie nicht wußte, ob sie spöttisch oder ehrlich gemeint war; aber sie wagte nicht zu fragen. Dabei sehnte sie sich in diesem Augenblick so sehr, ihn Violine spielen zu hören, daß es beinahe wie ein Schmerz war.

»Ah, da sind wir ja in deiner Nähe!« rief Emil. Und als ob er ganz vergessen hätte, daß er noch eine Spazierfahrt mit ihr machen wollte, rief er dem Kutscher die Adresse des Hotels zu.

»Emil –«

»Nun, Liebste?«

»Hast du mich noch lieb?«

Statt jeder Antwort drückte er sie an sich und küßte sie auf die Lippen.

»Sag' mir, Emil –«

»Was denn?«

»Aber du hast ja nicht gern, wenn man dich viel fragt …«

»Frag' nur, mein Kind.«

»Was wirst du ... was pflegst du denn Vormittags zu tun?«

»O, das ist höchst verschieden. Morgen zum Beispiel, spiel' ich in der Lerchenfelder Kirche ein Violinsolo in einer Messe von Haydn.«

»Wirklich? Da kann ich dich ja schon morgen früh hören?«

»Wenn's dir Spaß macht. Aber es ist wirklich nicht der Müh' wert ... Das heißt, die Messe ist natürlich sehr schön.«

»Wie kommst du eigentlich dazu, in der Lerchenfelder Kirche zu spielen?«

»Es ist ... eine Gefälligkeit von mir.«

»Für wen?«

»Für ... nun, für Haydn selbstverständlich.«

In Berta zuckte irgend etwas schmerzlich zusammen. In diesem Augenblick fühlte sie, daß es mit dieser Mitwirkung in der Lerchenfelder Kirche eine besondere Bewandtnis haben müßte. Vielleicht sang irgendeine mit, die ... Ja, was wußte sie schließlich? ... Aber sie wird hingehen, ganz bestimmt ... sie kann ihn keiner andern lassen! – Er gehört ihr, ihr allein ... er hat es ihr auch gesagt ... und sie wird verstehen, ihn festzuhalten ... Sie hat ja so unendlich viel Zärtlichkeit ... sie hat ja alle aufgespart für ihn allein ... sie wird ihn ganz damit umhüllen ... er wird sich nach keiner andern mehr sehnen ... Sie wird nach Wien übersiedeln, jeden Tag bei ihm sein, immer bei ihm sein.

»Emil –«

»Was hast du denn, Schatz?« Er wandte sich zu ihr, sah sie wie besorgt an.

»Hast du mich lieb? – O Gott, da sind wir schon!«

»So?« fragte Emil verwundert.

»Ja – dort, siehst du – dort wohne ich. Also bitte, Emil, sag' mir noch einmal –«

»Ja, morgen um fünf, mein Schatz. Ich freu' mich sehr.«

»Nein, nicht ... Ob du –«

Der Wagen hielt, Emil wartete an Bertas Seite, bis der Portier aufsperren kam, dann küßte er ihr ganz förmlich die Hand, sagte »Auf Wiedersehen, gnädige Frau« und fuhr davon.

In dieser Nacht schlief sie fest und tief.

Das Licht des Morgens war um sie, als sie erwachte. Der gestrige Abend fiel ihr ein, und sie war sehr froh, daß irgend etwas, das sie sich so schwer, beinah düster vorgestellt hatte, als etwas ganz Leichtes und

Heiteres hinter ihr lag. Und dann war sie stolz in der Erinnerung an ihre Küsse, die gar nichts von der Schüchternheit eines ersten Abenteuers an sich gehabt hatten. Von Reue verspürte sie nicht das Geringste, obwohl ihr einfiel, daß es üblich ist, nach Dingen, wie sie sie erlebt, Reue zu empfinden. Auch Worte wie: Sünde, Liebesverhältnis fuhren ihr durch den Kopf, ohne verweilen zu können, da ihnen aller Sinn zu fehlen schien. Sie glaubte sicher zu sein, daß sie Emils Zärtlichkeit ganz wie eine liebesgewohnte Frau erwidert hatte, und war sehr glücklich, daß alles, was bei andern Frauen aus der Erfahrung trunkner Nächte, bei ihr nur aus der Tiefe ihrer Empfindungen gekommen war. Es schien ihr, als hätte sie gestern Abend eine Gabe an sich entdeckt, von der sie bisher nichts geahnt, und ganz leise regte sich das Bedauern, sie früher nicht ausgenützt zu haben. Sie erinnerte sich einer Frage Emils nach ihrer Vergangenheit, durch die sie nicht so verletzt war, als sie es hätte sein müssen, und jetzt in der Erinnerung kam ihr das gleiche Lächeln auf die Lippen, mit dem sie ihm die Wahrheit geschworen, an die er nicht hatte glauben wollen. Dann dachte sie an das nächste Wiedersehen mit ihm, stellte sich vor, wie er sie empfangen und durch die Zimmer geleiten würde. Der Einfall kam ihr, daß sie sich ganz so benehmen wollte, als wäre noch gar nichts geschehen. Nicht einmal in ihren Augen dürfte er die Erinnerung an den gestrigen Abend lesen; er sollte sie ganz von neuem erobern, um sie werben müssen, – nicht allein mit Worten, nein, auch mit seiner Musik … Ja, … wollte sie ihn nicht schon heute Vormittag hören? … Natürlich! – in der Kirche … Und sie besann sich der plötzlichen Eifersucht, die sie gestern Abend erfaßt hatte … Ja, warum nur? … Das kam ihr jetzt so komisch vor, – Eifersucht auf eine Sängerin, die vielleicht in der Messe mitsang, oder auf eine andere Unbekannte. Aber hingehen wollte sie jedenfalls. – Ah, wie schön wird das sein, im Dämmer der Kirche zu stehen, ungesehen von ihm, ihn nicht sehend, und nur sein Spiel zu hören, das vom Chor herunterschwebt. Und es ist ihr, als freue sie sich einer neuen Zärtlichkeit entgegen, die ihr von ihm werden soll, ohne daß er es ahnt.

Langsam steht sie auf, kleidet sich an. Ein leiser Gedanke an zuhause schwebt in ihr auf, aber er ist ganz ohne Kraft. Es macht ihr sogar Mühe, ihn zu denken. Auch darüber fühlt sie keine Reue, auch darauf ist sie eher stolz. Sie fühlt sich ganz als Emils Geschöpf, alles, was vor ihm da war, scheint ausgelöscht. Wenn er von ihr verlangen möchte:

lebe ein Jahr, lebe diesen Sommer mit mir, dann aber mußt du sterben, – sie würde es tun.

Die aufgelösten Haare fallen ihr über die Schultern. Erinnerungen kommen ihr, die sie beinahe taumeln machen … O Gott, warum alles das so spät, so spät? – Aber noch ist eine lange Zeit vor ihr, – noch fünf, noch zehn Jahre kann sie schön bleiben … oh, auch noch länger für ihn, wenn sie zusammen bleiben, denn er würde ja mit ihr zusammen altern. Und wieder fliegt ihr jene Hoffnung durch den Sinn: wenn er sie zu seiner Frau machte, wenn sie zusammen wohnten, zusammen reisten, zusammen schliefen, Nacht für Nacht? – Aber jetzt beginnt sie sich ein wenig zu schämen. Warum denn immer und immer diese Gedanken? Zusammen leben heißt doch auch anderes – gemeinschaftliche Sorgen haben, über alle Dinge miteinander reden können? Ja, seine Freundin will sie sein vor allem! Und das, vor allem das will sie ihm heute sagen. Heute muß er endlich erzählen, über sich erzählen, sein ganzes Leben vor ihr ausbreiten, von dem Augenblick, da sie sich vor zwölf Jahren getrennt, bis … und mit Staunen muß sie weiter denken: – bis gestern früh … Gestern früh hat sie ihn zum erstenmal wiedergesehen, und in diesem einen Tag ist sie so völlig sein geworden, daß sie nichts mehr anderes denken kann als ihn, daß sie kaum mehr eine Mutter ist, … nein, nichts als seine Geliebte.

Sie trat in den hellen Sommertag hinaus. Es fiel ihr auf, daß ihr mehr Menschen begegneten als sonst, daß die meisten Geschäfte geschlossen waren. – Richtig, Sonntag! Sie hatte gar nicht daran gedacht. Nun machte sie auch das froh. Bald begegnete ihr ein sehr schlanker Herr, der den Überzieher offen trug und an dessen Seite ein junges Mädchen mit sehr dunklen, lachenden Augen ging. Berta mußte denken: ein Paar wie dieses sind wohl auch wir … Und sie stellte es sich schön vor, nicht nur im Dunkel der Nacht, sondern auch so wie diese beiden auf heller Straße, Arm in Arm, mit lachenden, glücklichen Augen umher zu wandeln. Manchmal, wenn ein Herr ihr im Vorbeigehen ins Gesicht sah, war ihr, als verstünde sie wie etwas Neues die Sprache der Blicke. Einer, der sie mit einem gewissen Ernst betrachtete, schien zu sagen: Na, du bist auch geradeso wie die andern! Dann kamen zwei junge Leute, die zu reden aufhörten, als sie sie sahen. Ihr war, als wüßten die ganz gewiß, was heut nachts geschehen war. Wieder ein anderer schien große Eile zu haben, sah sie flüchtig von der Seite an und seine Augen sagten: Was gehst du da so großartig herum wie eine brave Frau? Gestern

Abend bist du mit einem von uns im Bett gelegen. Dieses »Einer von uns« hörte sie innerlich ganz deutlich, und sie mußte das erstemal in ihrem Leben bei allen Männern, die vorübergingen, denken, daß sie Männer, bei allen Frauen, daß sie Frauen waren, daß sie einander begehrten und daß sie einander fanden, wenn sie wollten. Und sie hatte das Gefühl, als ob sie noch gestern um diese Zeit eine Ausgeschlossene gewesen wäre, vor der alle anderen Geheimnisse hatten, während sie jetzt mit zu ihnen gehörte und mitreden durfte. Sie versuchte, sich auf die erste Zeit nach ihrer Hochzeit zu besinnen, und sie erinnerte sich, daß sie nichts empfunden hatte, als einige Enttäuschung und Beschämung. Ganz dunkel tauchte etwas in ihr auf, wovon sie nicht wußte, ob sie es einmal gelesen oder gehört, nämlich der Satz: es ist ja doch immer dasselbe. Und sie kam sich viel klüger vor als die oder der, der das gesagt oder geschrieben.

Jetzt merkte sie, daß sie den gleichen Weg ging wie gestern. Ihr Auge fiel auf eine Plakatsäule mit der Ankündigung des Konzertes, bei dem auch Emil mitwirken sollte. Mit Behagen blieb sie davor stehen. Ein Herr stand neben ihr. Sie lächelte und dachte: Wenn er wüßte, daß jetzt meine Augen gerade auf dem Namen desjenigen Menschen ruhen, der gestern Nacht mein Geliebter war … Sie war plötzlich sehr stolz. Was sie getan hatte, dünkte sie etwas Besonderes. Sie konnte sich kaum vorstellen, daß andere Frauen den gleichen Mut besäßen. Sie ging wieder durch den Volksgarten, in dem heute mehr Menschen waren als gestern. Wieder sah sie Kinder, die spielten, Gouvernanten und Kindermädchen, die plauderten, lasen, strickten. Ein sehr alter Herr fiel ihr auf, der sich auf eine Bank in der Sonne gesetzt hatte, sie ansah, den Kopf schüttelte und sie mit harten und unerbittlichen Augen verfolgte. Sie war sehr unangenehm berührt und hatte ein dunkles Gefühl von Unrecht gegenüber diesem alten Herrn. Als sie aber unwillkürlich wieder zurücksah, bemerkte sie, wie er auf den sonnenbeleuchteten Sand schaute und noch immer den Kopf schüttelte. Sie wußte jetzt, daß das mit seinem Alter zusammenhing, und sie fragte sich, ob auch Emil einmal ein so uralter Herr sein würde, der sich in die Sonne setzt und den Kopf schüttelt. Und mit einem Mal sah sie sich neben ihm einhergehen, in der Kastanienallee daheim, aber sie war noch jung wie jetzt und er fuhr im Rollstuhl. Sie bebte leise. Wenn Herr Rupius es wüßte … Nein, – nie und nimmer würde er das von ihr glauben! Hätte er das von ihr vorausgesetzt, so hätte er sie nicht zu sich auf den Balkon gerufen und ihr erzählt, daß seine Frau ihn verlassen wollte ... Sie staunte in diesem Augenblick über das, was ihr wie eine große Fülle ihres Lebens vorkam. Sie hatte den Eindruck, innerhalb so verwickelter Verhältnisse zu existieren, wie keine andere Frau. Und auch diese Empfindung trug zu ihrem Stolz bei. Während sie an einer Gruppe von Kindern vorbeiging, von denen vier ganz gleich gekleidet waren, dachte sie, wie sonderbar es wäre, daß sie keinen Moment an mögliche Folgen ihres gestrigen Abenteuers gedacht. Aber ein Zusammenhang zwischen dem, was gestern geschehen, zwischen diesen wilden Umarmungen in einem fremden Bett – und einem Wesen, das einmal zu ihr »Mutter« sagen sollte, schien außerhalb jeder Möglichkeit zu liegen.

Sie verließ den Garten und nahm den Weg zur Lerchenfelderstraße. Ob er jetzt daran dachte, daß sie auf dem Weg zu ihm wäre? Ob sie sein erster Gedanke heute früh gewesen? Und es schien ihr nun, daß sie sich früher den Morgen nach einer Liebesnacht ganz anders vorgestellt hatte ... ja, als ein gemeinsames Erwachen, Brust an Brust, Mund an Munde.

Soldaten kamen ihr entgegen, Offiziere schritten zur Seite auf dem Trottoir, einer streifte sie und sagte höflich: »Bitte, entschuldigen!« Es war ein sehr hübscher Mensch, und er kümmerte sich weiter nicht um sie, was sie ein wenig ärgerte. Und unwillkürlich dachte sie: ob der auch eine Geliebte hat? Und plötzlich wußte sie, daß er sicher heute Nacht mit ihr zusammen war und auch nur sie allein liebt und sich so wenig um andere Frauen kümmert als Emil.

Sie war vor der Kirche. Orgelklang drang bis auf die Straße. Eine Equipage stand da, mit einem Lakaien auf dem Bock. Wie kam die da her? Es war Berta mit einmal ganz klar, daß dieser Wagen in einer bestimmten Beziehung zu Emil stehen müßte, und sie nahm sich vor, vor Schluß der Messe die Kirche zu verlassen, um zu sehen, wer hier einstiege. Sie trat in die menschenerfüllte Kirche. Sie schritt zwischen den Bankreihen nach vorwärts, bis zum Hochaltar, an dem der Priester stand. Die Orgeltöne verklangen, das Streichorchester setzte ein. Sie wandte den Kopf nach der Richtung des Chors. Es war doch sonderbar, daß Emil hier in der Lerchenfelderkirche, sozusagen inkognito, das Solo in einer Haydnschen Messe spielen sollte ... Sie betrachtete die weiblichen Gestalten in den vorderen Bänken. Sie bemerkte zwei – drei – vier junge Frauen und mehrere alte Damen; zwei saßen in der vordersten Reihe, die eine war sehr vornehm in schwarze Seide gekleidet, die andere schien ihre Kammerfrau zu sein. Berta dachte, daß die Equipage jedenfalls dieser vornehmen alten Dame gehörte, was sie sehr beruhigte. Sie ging wieder nach rückwärts und hielt überall, halb unbewußt, nach schönen Frauen Umschau. Es gab noch einige leidlich hübsche, alle schienen ihr in Andacht versunken, und sie schämte sich, daß sie allein hier ohne jeden heiligen Gedanken umherwandelte. Jetzt merkte sie, daß das Violinsolo schon begonnen hatte. Er spielte jetzt, er, er! … Und in diesem Augenblick hörte sie ihn seit mehr als zehn Jahren zum erstenmal, und es schien ihr, als war' es der gleiche süße Ton von damals, so wie man Menschenstimmen erkennt, die man jahrelang nicht vernommen. Der Sopran setzte ein. Wenn sie die Sängerin nur sehen könnte! Es war eine helle, frische, nicht sehr geschulte Stimme, und Berta fühlte etwas wie einen persönlichen Zusammenhang zwischen dem Geigenspiel und dem Gesang. Daß Emil das Mädchen kannte, welches jetzt sang, war natürlich … aber verbarg sich da nicht noch irgend etwas Anderes? … Der Gesang verstummte, die Geige klang weiter, und nun sprach sie zu ihr allein, als wollte sie sie beruhigen. Das Orchester fiel ein, das Geigensolo schwebte über den anderen Instrumenten und schien nur den einen Wunsch zu haben, sich mit ihr zu verständigen. Es sagte: Ich weiß, daß du da bist, und ich spiele nur für dich! … Die Orgel setzte ein, aber noch behielt das Geigensolo die Führung. Berta war so ergriffen, daß sie Tränen im Auge hatte. Endlich war das Solo zu Ende, wie verschlungen von dem Schwall der Instrumente und tauchte nicht wieder auf Berta hörte kaum zu, aber die Musik umklang sie mit wunderbarem Trost. Manchmal glaubte sie, die Geige Emils im Orchester mitspielen zu hören, und da war es ganz sonderbar, beinah märchenhaft, daß sie da unten an einer Säule stand und er oben im Chor an einem Pulte saß und sie hatten einander heut Nacht in den Armen gehalten, und alle die Hunderte hier in der Kirche wußten nichts davon … Sie mußte ihn gleich sehen – ja! Sie wollte unten an der Stiege warten … sie wollte nichts zu ihm sprechen, – nein, aber sehen wollte sie ihn, und auch die anderen, die kamen, – auch die Sängerin, auf die sie eifersüchtig gewesen war. Aber das war nun ganz vorüber; sie wußte es, daß er sie nicht belügen konnte. – Die Musik war verstummt, Berta fühlte sich vorwärts geschoben, dem Ausgang zu, sie wollte die Stiege finden, aber sie wurde von ihr entfernt. Denn es war gut so … Nein, das durfte sie nicht, sich hinstellen, ihn erwarten – was würde er denken? Es wäre ihm gewiß nicht recht! Nein, sie wollte mit den andern verschwinden und ihm abends sagen, daß sie ihn gehört. Sie hatte nun geradezu Angst davor, von ihm bemerkt zu werden. Sie stand am Ausgang, schritt die Stufen hinab und kam gerade an der Equipage vorbei, als die alte Dame mit ihrer Kammerfrau einstieg. Sie mußte lächeln, als sie sich erinnerte, in welche Besorgnis sie der Anblick dieses Wagens versetzt hatte, und es schien ihr, als müßten mit diesem Verdacht auch alle andern zerflattern. Es war ihr, als hätte sie ein merkwürdiges Abenteuer hinter sich und stünde am Anfang eines ganz neuen Daseins. Zum erstenmal schien es ihr einen Sinn zu haben; alles andere war eingebildet gewesen und wurde zu nichts gegenüber dem Glück, das durch ihre Pulse strömte, während sie von der Kirche durch die Straßen der Vorstadt langsam nach Hause schlenderte. Erst wie sie schon nah dem Hotel war, merkte sie, daß sie den ganzen Weg wie im Traum zurückgelegt und konnte sich kaum erinnern, welchen Weg sie gegangen und ob sie Leuten begegnet war oder nicht.

Als sie den Schlüssel zu ihrem Zimmer nahm, übergab ihr der Portier ein Billett und einen Strauß von Veilchen und Flieder ... Oh, warum hatte sie nicht auch daran gedacht, ihm Blumen zu schicken? – Aber was hatte er ihr zu schreiben? Sie öffnete den Brief mit einer leisen Furcht und las:

»Liebste! Ich muß dir noch einmal für den schönen Abend danken. Heute können wir uns leider nicht sehen. Sei nicht bös, meine liebe Berta, und vergiß nicht, mich rechtzeitig zu verständigen, wenn Du das nächste Mal nach Wien kommst.
Ich bin ganz der Deine.

Emil.«

Sie ging, sie lief die Treppen hinauf in ihr Zimmer ... Warum konnte er sie heute nicht sehen? Warum gab er nicht wenigstens die Ursache an? – Nun ja, was wußte sie schließlich von seinen Verpflichtungen aller Art, künstlerischer, gesellschaftlicher Natur? ... Es wäre gewiß zu weitläufig gewesen und hätte wie nach einer Ausrede ausgesehen, wenn er seine Verhinderung ausführlich entschuldigt. Aber trotzdem ... Und warum schrieb er denn: »Wenn Du das nächste Mal nach Wien kommst? ...« Hatte sie ihm nicht gesagt, daß sie noch einige Tage dabliebe? Das hatte er vergessen – gewiß. Und gleich setzte sie sich hin und schrieb:

»Mein liebster Emil! Ich bedaure sehr, daß Du mir heute absagen mußtest, aber glücklicherweise reise ich noch nicht ab. Bitte sehr, Liebster, schreib mir doch gleich, wann Du morgen oder übermorgen für mich Zeit hast.

Mit tausend Küssen Deine

Berta.«

P.S. »Es ist höchst ungewiß, wann ich wieder nach Wien komme, und ich möchte keinesfalls fortreisen, ohne Dich noch einmal zu sehen.«

Sie überlas den Brief. Dann schrieb sie noch dazu: »Ich muß Dich noch einmal sehen!«

Sie eilte auf die Straße, übergab den Brief einem Dienstmann und schärfte ihm ein, nicht ohne Antwort wiederzukommen. Dann ging sie wieder hinauf und stellte sich zum Fenster. Sie wollte nichts denken, sie wollte nur auf die Straße hinuntersehen. Sie heftete ihre Aufmerksamkeit gewaltsam auf die Vorübergehenden, und ein Spiel aus ihrer Kinderzeit kam ihr wieder in den Sinn, wo sie und ihre Brüder vom Fenster aus sich darüber unterhielten, welchem Bekannten der oder jener Vorübergehende ähnlich sähe. Solche Ähnlichkeiten zu entdecken, war für sie jetzt mit Schwierigkeit verbunden, weil ihr Zimmer im dritten Stock gelegen war, aber anderseits erleichterte die Entfernung die Willkürlichkeit der Deutung. Zuerst kam eine Frau, die der Cousine Agathe ähnlich sah, später jemand, der an ihren Klavierlehrer aus dem Konservatorium erinnerte, Arm in Arm mit einer, die so aussah, wie die Köchin ihrer Schwägerin. Ein junger Bursch sah ihrem Bruder, dem Schauspieler, ähnlich, gleich hinter ihm, und zwar in Hauptmannsuniform, kam ihr verstorbener Vater des Wegs, der blieb eine Weile vor dem Hotel stehen, blickte auf, gerade als wenn er sie suchte, und verschwand dann im Tor. Sie erschrak einen Augenblick so, als wenn es wirklich ihr Vater wäre, der als Gespenst aus dem Grab gekommen war. Dann lachte sie absichtlich, laut, und versuchte, das Spiel fortzusetzen, aber es gelang nicht mehr. Sie blickte nur nach dem Dienstmann aus. Endlich beschloß sie, nur um die Zeit hinzubringen, ihr Mittagmahl einzunehmen. Nachdem sie es bestellt, trat sie wieder ans Fenster. Aber nun blickte sie nicht mehr in die Richtung, aus welcher der Dienstmann kommen mußte, sondern folgte den Omnibus- und Pferdebahnwagen, die alle menschenüberfüllt den Vororten zufuhren. Jetzt sah sie wieder den Hauptmann von früher, wie er eben auf eine Tramway aufsprang, eine Virginia im

Mund. Er sah ihrem verstorbenen Vater gar nicht mehr ähnlich. Sie hörte ein Geräusch hinter sich: der Kellner war eingetreten. Berta aß wenig und trank den Wein sehr rasch. Sie wurde schläfrig und lehnte sich in die Ecke des Diwans. Die Gedanken verschwammen ihr, in ihren Ohren tönte es wie Nachklänge von der Orgel, die sie in der Kirche vernommen hatte. Sie schloß die Augen, und mit einem Mal, wie hervorgezaubert, sah sie das Zimmer von gestern, und hinter den roten Vorhängen leuchtete das weiße Bett. Sie selbst saß wieder vor dem Pianino, aber ein anderer hielt sie umfaßt, ihr Neffe Richard. Sie riß gewaltsam die Augen auf, erschien sich über alle Maßen verworfen, und eine jähe Furcht überkam sie, als hätte sie für diese traumhaften Vorstellungen eine Sühne zu erwarten. Wieder ging sie zum Fenster. Eine Ewigkeit schien ihr verflossen, seit sie den Dienstmann ausgeschickt. Sie überlas noch einmal den Brief Emils. Ihr Blick haftete auf den letzten Worten: »Ich bin ganz der Deine«, und sie sprach sie aus, laut, mit Zärtlichkeit, und dachte ähnlicher Worte von heute Nacht. Sie erfand sich einen Brief, der jetzt gleich da sein und der lauten mußte: »Meine liebste Berta! Gott sei Dank, daß Du morgen noch da bist! Ich erwarte Dich bestimmt um drei bei mir«, oder: »Wir wollen morgen den ganzen Tag miteinander verbringen« oder gar: »Ich habe meine Verabredung rückgängig gemacht, wir sehen uns heute noch. Komme gleich zu mir, ich erwarte Dich mit Sehnsucht!«

Nun wie es immer sei, wenn auch nicht heute, bevor sie Wien verläßt, wird sie ihn wiedersehen. Es ist ja gar nicht anders denkbar. Wozu also diese entsetzliche Aufregung, als wenn alles vorüber wäre? Warum nur bleibt die Antwort so lange aus? ... Er hat jedenfalls außer Haus gegessen – natürlich, er führt ja keine Wirtschaft! So kann er frühestens um drei wieder daheim sein ... Aber wenn er vor Abend nicht nach Hause kommt? ... Der Dienstmann hat zwar den Auftrag, jedenfalls zu warten – auch bis in die Nacht hinein ... aber was soll sie tun! Sie kann doch hier nicht die ganze Zeit am Fenster stehen und ausblicken? Die Stunden sind ja endlos! Sie könnte weinen vor Ungeduld, vor Verzweiflung! ... Sie geht im Zimmer auf und ab, dann steht sie wieder eine Weile am Fenster, dann setzt sie sich nieder, für kurze Zeit nimmt sie ihren Roman zur Hand, den sie in der Reisetasche mitgeführt, auch zu schlummern versucht sie, – aber es gelingt ihr nicht. Endlich wird es vier: bald drei Stunden sind vergangen, seit sie wartet. Da klopft es an die Tür, der Dienstmann tritt ein und übergibt ihr einen Brief. Sie reißt das Kuvert auf und, mit einer unwillkürlichen Bewegung, um dem fremden Menschen den Ausdruck ihrer Mienen zu verbergen, wendet sie sich zum Fenster. Sie liest:

»Meine liebe Berta! Du bist sehr freundlich, daß Du mir noch die Auswahl zwischen den nächsten Tagen freistellst, aber, wie übrigens auch in meinem ersten Brief schon angedeutet war: ich kann leider über die nächsten Tage absolut nicht verfügen. Daß ich es mindestens so bedauere wie Du, kannst Du mir glauben. Nochmals tausend Dank und tausend Grüße, und auf ein schönes Wiedersehen das nächste Mal. Vergiß mich nicht ganz.

Dein Emil.«

Als sie diesen Brief gelesen, war sie ganz ruhig, bezahlte dem Dienstmann, was er forderte, und fand, daß es für ihre Verhältnisse gar nicht wenig sei. Dann setzte sie sich an den Tisch und versuchte nachzudenken. Sie wußte sofort, daß sie nicht länger hier bleiben könnte und bedauerte nur, daß nicht gleich ein Zug nach Hause ging. Auf dem Tisch stand die halbgeleerte Flasche Wein, Brotkrumen waren neben dem Teller verstreut, auf dem Bett lag ihre Frühjahrsjacke, daneben die Blumen, die er ihr noch heute morgens geschickt. Was sollte das alles bedeuten? War es zu Ende? ... Undeutlich, aber so, als müßt' es zu dem, was sie eben erlebt, eine Beziehung haben, fällt ihr ein Satz ein, den sie einmal gelesen, von Männern, die nichts anderes wollen, als »ihr Ziel erreichen« ... Aber das hat sie immer für eine Romanphrase gehalten. Im übrigen, das ist doch kein Abschiedsbrief, den sie da in der Hand hält? ... Ist es auch wirklich keiner? Können diese freundlichen Worte nicht auch Lüge sein? ... Auch Lüge – das ist es! ... Zum erstenmal drängt sich das entschiedene Wort in ihre Gedanken: ... Lüge ... Denn es ist gewiß, schon heut Nacht, als er sie nach Hause brachte, war sein Entschluß gefaßt, sie nicht wiederzusehen, und die Verabredung wegen des heutigen Tags, sein Wunsch, sie heute bei sich zu sehen, war Lüge ... Sie ruft sich den gestrigen Abend ins Gedächtnis zurück, und sie fragt sich, wodurch sie ihn verstimmt, enttäuscht haben konnte? ... Es war doch alles so schön, und er schien so glücklich, geradeso glücklich als sie ... Sollte das auch Lüge gewesen sein? ... Was konnte sie wissen? ... Vielleicht hatte sie ihn doch verstimmt, verletzt, ohne es zu ahnen ... Sie ist ja nichts als eine brave Frau gewesen ihr Leben lang ... wer

weiß, was für eine Ungeschicklichkeit oder Dummheit sie begangen ...
ob sie nicht in irgend einem Moment, wo sie hingebend, zärtlich, beseligt
und beseligend zu sein glaubte, lächerlich und abstoßend gewesen ist?
... Was weiß sie denn von allen diesen Dingen? ... Und mit einem Mal
fühlt sie beinah etwas wie Reue, daß sie sich in dieses Abenteuer so
unvorbereitet eingelassen, daß sie bis gestern so keusch und brav gewesen
ist, daß sie nicht andere Liebhaber vor ihm gehabt hat – Jetzt besinnt
sie sich auch, wie er ihre schüchternen Fragen und Bitten abgewehrt,
die sein Violinspiel betrafen, als wollte er sie diesen Kreis nicht betreten
lassen. So war er ihr gerade in dem, was ihm tiefster Lebensinhalt war,
fremd, mit Absicht fremd geblieben; sie wußte mit einem Mal, daß sie
nichts mit ihm gemeinsam gehabt als das Vergnügen einer Nacht, und
daß der heutige Morgen sie beide so fern voneinander gefunden, als
alle die Jahre, die hinter ihnen lagen ... Und nun glüht die Eifersucht
wieder in ihr auf ... Aber ihr ist, als wäre sie immer, als wäre überhaupt
alles immer in ihr dagewesen ... Liebe und Mißtrauen und Hoffnung
und Reue und Sehnsucht und Eifersucht ... und zum erstenmal in ihrem
Leben ist sie so bis ins Innerste aufgewühlt, daß sie die Menschen be-
greift, die sich aus Verzweiflung zum Fenster hinunterstürzen ... Und
sie sieht ein, daß sie es nicht ertragen, daß nur die Gewißheit ihr helfen
kann ... sie muß hin zu ihm, ihn fragen ... aber so fragen, wie man
einem ein Messer an die Brust setzt ...

Sie eilt davon, auf die Straßen, die beinahe leer sind, als wäre ganz
Wien aufs Land gewandert ... Wird sie ihn nur daheim finden? ... Wird
er nicht vielleicht ahnen, daß sie auf den Einfall kommen kann, ihn
aufzusuchen, ihn zur Rede zu stellen, und wird er nicht dieser Möglich-
keit aus dem Weg gegangen sein? ... Sie schämt sich, daß sie auch
daran denken muß ... Und wenn er zu Hause ist, wird er allein sein?
... Und wenn er nicht allein ist, wird man sie vorlassen?

Und wenn sie ihn selbst in den Armen einer anderen fände, was
dürfte sie sagen? ... Hat er ihr etwas versprochen? Hat er ihr Treue
geschworen? Hat sie sie auch nur von ihm verlangt? Durfte sie sich
einbilden, daß er hier in Wien gewartet hat, bis sie ihm zu seinem spa-
nischen Orden gratuliert? ... Ja, durfte er ihr nicht sagen: Du hast dich
mir an den Hals geworfen und hast nichts Besseres gewünscht, als daß
ich dich nehme, wie du bist ... Und wenn sie sich selbst fragte – hatte
er nicht recht? ... Ist sie nicht hierher gekommen, um seine Geliebte
zu werden – nur darum ... ohne jede Rücksicht auf früher, ohne jede

Sicherheit für später ... ja nur darum! Alle anderen Wünsche und Hoffnungen hatten ihre Begierde nur flüchtig umschwebt, und sie war nichts Besseres wert als das, was ihr geschehen ... Und, wenn sie ehrlich gegen sich selbst ist, muß sie sich auch sagen: von allem, was sie erlebt hat, ist das noch immer das Beste gewesen ...

Sie ist an einer Ecke stehen geblieben, es ist ganz still um sie, die Sommerluft über ihr wird dunstig und schwül. Sie nimmt den Weg zurück ins Hotel. Sie ist sehr müde, und ein neuer Gedanke zuckt in ihr auf: ob er ihr nicht nur deshalb abgeschrieben hat, weil auch er müde ist ... Sie kommt sich sehr erfahren vor, wie ihr das einfällt ... Und noch eins geht ihr durch den Sinn ... Er kann auch eine andere nicht auf andere Art lieben als sie ... Und plötzlich fragt sie sich, ob denn die heutige Nacht ihr einziges Erlebnis bleiben – ob sie selbst keinem anderen mehr angehören wird als ihm? Und sie freut sich dieses Zweifels, als nähme sie damit an seinem mitleidigen Blick und seinen spöttischen Lippen eine Art von Rache.

Nun ist sie wieder oben im dritten Stock des Hotels in dem ungemütlichen Zimmer. Noch immer sind die Reste des Mittagessens nicht abgeräumt, noch immer liegen Jacke und Blumen auf dem Bett. Sie nimmt die Blumen in die Hand, führt sie an die Lippen, als wollte sie sie küssen. Plötzlich aber, als bräche ihr ganzer Zorn wieder hervor, schleuderte sie sie heftig auf die Erde. Dann wirft sie sich aufs Bett, die Hände überm Gesicht.

Als sie eine Weile so gelegen war, würde sie sehr ruhig, immer ruhiger. Es war vielleicht ganz gut, daß sie noch heute nach Hause fahren konnte. Sie dachte an ihren Buben, wie er in seinem Bettchen zu liegen und mit dem ganzen Gesicht zu lachen pflegte, wenn die Mutter sich über das Gitter beugte. Sie sehnte sich nach ihm. Sie sehnte sich auch ein wenig nach Elly und nach Frau Rupius. Ja richtig – die wollte ja von ihrem Manne fortgehen ... Was da dahinter stecken mochte? ... Eine Liebesgeschichte? ... Aber sonderbar, jetzt konnte sie sich das noch weniger vorstellen, als früher.

Es wird spät, es ist Zeit, sich zur Abreise bereit zu machen ... So wird sie also schon Sonntag Abend wieder zu Hause sein.

Sie sitzt im Kupee, auf ihrem Schoß liegen die Blumen, die sie wieder vom Boden aufgehoben ... Ja, nun fährt sie nach Hause, verläßt die Stadt, wo sie ... etwas erlebt hat – so nennt man es doch wohl? ... Worte schwirren ihr durch den Sinn, die sie in solchem Zusammenhang gelesen oder gehört hat … Worte wie: Seligkeit … Liebesrausch … Taumel … und ein leiser Stolz regt sich, daß sie das erfahren hat, was diese Worte bedeuten. Und noch ein anderer Gedanke kommt ihr, der sie seltsam beruhigt: Wenn er auch – vielleicht – jetzt ein Verhältnis mit einer anderen Frau hat … *der* hat sie ihn genommen … nicht für lang freilich, aber doch so vollkommen, wie man einer Frau einen Mann nur nehmen kann. Sie wurde immer ruhiger, beinahe heiter.

Das war ja klar, daß sie, Berta, die unerfahrene Frau, sich nicht mit einem Ansturm völlig in den Besitz des Geliebten setzen konnte … Aber ob es ein anderes Mal nicht gelänge? … Sie freute sich sehr, daß sie nicht ihrem Entschluß gefolgt war, gleich zu ihm zu laufen, ja sie faßte sogar die Absicht, ihm einen so kühlen Brief zu schreiben, daß er in einen gelinden Ärger geraten müßte, sie wollte kokett, verschlagen sein … Aber sie mußte ihn wieder haben, das wußte sie … bald und womöglich für immer! … Und so gingen ihre Träume weiter, während der Zug sie nach Hause führte … immer kühner, je tiefer das Sausen der Räder sie in den Schlummer sang …

Die kleine Stadt lag schon in Schlaf, als sie ankam. – Zu Hause gab Berta dem Dienstmädchen den Auftrag, ihren Kleinen in aller Früh von ihrer Schwägerin abzuholen. Dann kleidete sie sich langsam aus. Ihre Augen fielen auf das Bild ihres verstorbenen Gemahls über ihrem Bett. Sie fragte sich, ob es weiter da hängen dürfe. Als sie jetzt daran dachte, daß es Frauen gibt, welche von ihrem Geliebten kommen und dann an der Seite ihres Gatten schlafen können, schauderte sie … Nie hätte sie so etwas zu Lebzeiten ihres Gatten getan! … Und hätte sie's doch getan, sie wäre nie wieder nach Hause zurückgekehrt.

Am nächsten Morgen weckte sie ihr Bub. Er war auf ihr Bett gesprungen und hatte ihr leise auf die Augenlider gehaucht. Berta setzte sich auf, umarmte und küßte den Kleinen, der nun gleich zu erzählen begann, wie gut es ihm bei Onkel und Tante ergangen, wie Elly mit ihm gespielt und wie Richard einmal mit ihm gerauft hatte, ohne ihn besiegen zu können. Und gestern hatte er Klavier spielen gelernt und konnte es schon bald so gut wie Mama. Berta hörte ihm nur immer zu. Sie dachte: wenn Emil jetzt das süße Geplauder hören könnte! und überlegte, ob sie das nächste Mal nicht den Kleinen nach Wien zu Emil mitnehmen könnte, wodurch diesem Besuch gleich alles Verdächtige genommen würde. Sie dachte nur an das Schöne, das sie in Wien erlebt, und von den Absagebriefen war ihr kaum anderes im Sinn geblieben als die Worte, die sich auf ein Wiedersehen bezogen. Sie stand beinahe in vergnügter Stimmung auf, und während sie sich ankleidete, fühlte sie eine ganz neue Zärtlichkeit für ihren eigenen Leib, der ihr noch von den Küssen des Geliebten zu duften schien.

Noch am frühen Vormittag ging sie zu ihren Verwandten. Als sie am Hause der Rupius vorbeikam, besann sie sich einen Augenblick, ob sie nicht gleich hinaufgehen sollte. Aber sie hatte eine unbestimmte Angst, gleich wieder in die erregte Stimmung des Hauses hineingezogen zu werden, und verschob den Besuch auf Nachmittag. Im Hause des Schwagers kam ihr Elly zuerst entgegen und empfing sie so stürmisch, als wenn sie von einer langen Reise wiederkehrte. Der Schwager, eben im Fortgehen, drohte Berta scherzhaft mit dem Finger und sagte: »Na, gut unterhalten?« Berta fühlte, wie sie dunkelrot wurde. »Ja«, setzte er fort, »das sind schöne Geschichten, die man von dir hört.« Er merkte aber nicht ihre Verlegenheit und grüßte Berta noch von der Tür aus mit einem Blick, der deutlich sagte: vor mir gibt es keine Geheimnisse!

»Papa macht immer solche Witze«, sagte Elly, »das gefällt mir gar nicht von ihm.«

Berta wußte, daß ihr Schwager nur ins Blaue geredet, wie es seine Art war, und wenn sie selbst ihm die Wahrheit sagte, würde er sie gar nicht glauben.

Die Schwägerin trat ein, und Berta mußte von ihrem Wiener Aufenthalt erzählen. Zu ihrem eigenen Erstaunen gelang es ihr sehr gut, Wahres und Erfundenes geschickt zu verbinden. Mit ihrer Cousine war sie im Volksgarten und in der Bildergalerie gewesen, Sonntag hatte sie eine Messe in der Stephanskirche gehört, auf der Straße hatte sie einen Lehrer aus dem Konservatorium getroffen, und schließlich erfand sie sogar ein komisches Ehepaar, das einmal bei der Cousine zu Abend gegessen. Je mehr sie ins Lügen kam, um so größer wurde ihre Lust, auch von Emil zu erzählen und mitzuteilen, daß sie den berühmten Violinvirtuosen Lindbach, der im Konservatorium ihr Kollege gewesen, auf der Straße getroffen und gesprochen hätte. Aber eine unbestimmte Furcht, nicht rechtzeitig innehalten zu können, hielt sie davon zurück. Frau Albertine Garlan saß in schwerer Müdigkeit auf dem Sofa und nickte mit dem Kopf, und Elly stand wie gewöhnlich am Klavier, den Kopf auf die Hände gestützt, und schaute die Tante mit großen Augen an. Von der Schwägerin ging Berta zu Mahlmanns und gab den Zwillingen die Klavierlektionen; die Fingerübungen und Skalen, die sie zu hören bekam, waren ihr anfangs unerträglich, endlich hörte sie nicht mehr zu und ließ ihre Gedanken ins Freie schweifen. Die vergnügte Stimmung des Morgens war verflogen, Wien erschien ihr unendlich fern, eine sonderbare Unruhe überkam sie, und plötzlich überfiel sie die Angst, daß Emil gleich nach seinem Konzert abreisen könnte. Das wäre ja entsetzlich! Mit einemmal wäre er fort, ohne daß sie ihn noch einmal gesehen – und wer weiß, wann er wiederkäme! Ob sie es nicht jedenfalls so einrichten sollte, am Tag des Konzerts in Wien zu sein? Sie mußte sich gestehen: ihn spielen zu hören, sehnte sie sich gar nicht, – ja, es kam ihr vor, als war' es ihr ganz lieb, wenn er gar kein Violinvirtuos, wenn er überhaupt kein Künstler, wenn er ein einfacher Mensch wäre, – Buchhalter oder was immer! Wenn sie ihn nur für sich, für sich allein haben könnte! ... Indes spielten die Zwillinge ihre Skalen herunter; es war doch ein schreckliches Los, dasitzen und diesen talentlosen Fratzen Klavierlektionen geben müssen. Warum war sie nur heute früh so gut gelaunt gewesen? ... Ah, die schönen Tage in Wien! Ganz abgesehen von Emil – diese vollkommene Freiheit, dieses Herumflanieren in den Straßen, dieses Spazierengehen im Volksgarten ... Allerdings, Geld hatte sie während dieser Zeit mehr ausgegeben, als ihr erlaubt war, das brachten zwei Dutzend Lektionen bei den Mahlmannischen Zwillingen nicht herein ... Und jetzt hieß es wieder: zurück zu den Verwandten, Stunde geben, und eigentlich wäre es sogar notwendig, sich noch nach neuen Lektionen umzuschauen, denn in diesem Jahr wollte die Rechnung gar nicht stimmen! ... Ah, was für ein Leben!

Auf der Straße begegnete Berta der Frau Martin. Diese fragte Berta, wie sie sich in Wien unterhalten habe, mit einem Blick, der deutlich ausdrückte: so gut wie ich mit meinem Mann unterhältst du dich ja doch nicht! Berta hatte eine unsägliche Lust, dieser Person ins Gesicht zu schreien: Mir ist es viel besser gegangen, als du ahnst. Ich bin in einem schönen, weichen Bett gelegen, mit einem entzückenden, jungen Mann, der tausendmal liebenswürdiger ist als dein Herr Gemahl! Und ich versteh' das alles gerade so gut wie du! Du hast nur einen Gatten, ich hab' aber einen Geliebten, Geliebten, Geliebten! ... Doch sie sagte natürlich nichts von alledem, sondern erzählte, daß sie mit ihrer Cousine und deren Kindern im Volksgarten spazieren gegangen sei.

Es begegneten ihr noch andere Frauen, mit denen sie oberflächlich bekannt war. Diesen gegenüber fühlte sie sich ganz anders als früher;

freier, überlegener: sie war die einzige in der Stadt, die etwas erlebt hatte, und es tat ihr beinah leid, daß niemand etwas davon wußte, denn wenn man sie auch öffentlich verachtet, im Innern hätten sie alle diese Frauen unsäglich beneidet. Und wenn sie nun gar gewußt hätten, wer ... Obzwar, in diesem Nest kannten sicher viele nicht einmal seinen Namen. – Wenn es doch irgend jemanden auf der Welt gäbe, mit dem sie sich aussprechen könnte! ... Frau Rupius, ja Frau Rupius ... Aber die geht ja fort, auf Reisen! ... Eigentlich ist ihr das auch gleichgültig. Sie möchte nur wissen, wie das endlich mit Emil werden wird, sie möchte wissen, was es eigentlich war ... das ist die fürchterliche Unruhe in ihr ... Hat sie denn nun ein »Liebesverhältnis« mit ihm? ... Ah, warum ist sie nicht doch noch einmal zu ihm gegangen? ... Aber sie konnte ja nicht! ... Dieser Brief ... er wollte sie ja nicht sehen! ... Aber Blumen hatte er ihr doch geschickt ...

Nun ist sie wieder bei den Verwandten. Richard will ihr entgegen, sie in seiner scherzhaften Manier umarmen, sie stößt ihn weg; frecher Bub, denkt sie sich, ich weiß schon, wie er das meint, wenn er es auch selbst nicht weiß; ich verstehe diese Dinge, ich hab' einen Geliebten in Wien! ... Die Stunde nimmt ihren Gang; am Schluß spielen Elly und Richard vierhändig die Festouvertüre von Beethoven, was eine Überraschung zum Geburtstag des Vaters werden soll.

Berta dachte nur an Emil. Sie war nahe daran, verrückt zu werden über diesem elenden Geklimper ... Nein, es war nicht möglich, so weiter zu existieren, in keiner Hinsicht! ... Sie ist auch noch so jung ... Ja, das ist es, besonders das ... sie wird so nicht weiterleben können ... und das geht doch nicht, daß sie irgendeinen anderen ... Wie kann sie nur an so was denken! ... Sie ist doch eine ganz schlechte Person! – Wer weiß, ob es nicht das war, was Emil mit seiner großen Erfahrung an ihr herausgespürt hat – und warum er sie nicht mehr sehen will – Ach, die Frauen sind doch am besten dran, die alles leicht nehmen, die es fertig bringen, gleich nachdem sie einer sitzen gelassen – ... Aber was sind denn das wieder für Ideen! Hat er sie denn »sitzen lassen«? ... In drei, vier Tagen ist sie wieder in Wien, bei ihm, in seinen Armen! – Und drei Jahre hat sie so leben können? – Drei? ... – Sechs Jahre – Ihr ganzes Leben! ... Wenn er das nur wüßte, wenn er das nur glaubte!

Die Schwägerin tritt ein; sie fordert Berta auf, heute Abend bei ihnen zu nachtmahlen ... Ja, das ist die einzige Zerstreuung: einmal an einem anderen Tisch als dem häuslichen eine Mahlzeit einnehmen! – Wenn

es doch einen Menschen hier gäbe, mit dem man reden könnte! ... Und
Frau Rupius reist ab, verläßt ihren Mann ... Ob nicht doch eine Liebes-
geschichte da mitspielt? ... Die Stunde ist zu Ende, Berta empfiehlt sich.
Auch ihrer Schwägerin gegenüber hat sie das Gefühl der Überlegenheit,
beinah des Mitleids. Ja, das weiß sie, nicht für ein ganzes Leben, wie
diese Frau es führt, möchte sie jene eine Stunde hergeben. Dabei, so
denkt sie, während sie wieder nach Hause spaziert, ist sie gar nicht recht
zum Bewußtsein ihres Glücks gekommen, das war ja alles so rasch
vorbei. Und dann dieses Zimmer, diese ganze Wohnung, dieses
schreckliche Bild ... Nein, nein, es war eigentlich alles eher häßlich.
Wirklich schön war doch nur, wie er sie nachher im Wagen nach Haus
begleitet und ihr Kopf an seiner Brust geruht hat ... Ah, er hatte sie
schon lieb – freilich nicht so wie sie ihn, aber war das auch möglich?
Was für ein Leben lag hinter ihm! – Sie dachte jetzt daran ohne Eifer-
sucht, eher mit einem leichten Bedauern für ihn, der soviel in seinem
Gedächtnis mitzutragen hatte. Denn daß er das Leben nicht leicht nahm,
sah man ihm an ... Ein heiterer Mensch war er nicht ... Alle die Stun-
den, die sie mit ihm verbracht, waren in ihrer Erinnerung wie von einer
unbegreiflichen Wehmut umflossen. Wenn sie nur alles von ihm wüßte!
Er hatte ihr so wenig, ... nichts, nichts hatte er von sich erzählt! ...
Aber wie sollte er das auch am ersten Tag? Ah, wenn er sie nur wirklich
kennte! Wenn sie nur nicht so schüchtern, so unfähig wäre sich auszu-
drücken ... Sie muß ihm noch einmal schreiben, eh sie ihn wiedersieht
... Ja, noch heute wird sie das tun. Der Brief, den sie ihm gestern ge-
schickt hat, wie war der dumm! Er konnte auf den wahrhaftig nicht
anders antworten, als er getan. Sie durfte weder herausfordernd schrei-
ben, noch demütig ... nein, sie war ja doch seine Geliebte! Sie die hier
durch die Straßen ging, von all den Leuten, die ihr begegneten, wie ih-
resgleichen angesehen, ... sie war die Geliebte dieses herrlichen Men-
schen, den sie seit ihrer Jugend angebetet. Und wie rückhaltlos, wie
ohne Ziererei hatte sie sich ihm hingegeben, – keine von allen Frauen,
die sie kannte, hätte das getan! ... Ah, und sie täte noch mehr! O ja!
sie würde auch bei ihm leben, ohne seine Frau zu sein, und es wäre ihr
sehr gleichgültig, was die Leute sagten ... sie wäre sogar stolz darauf!
Und später würde er sie ja doch heiraten ... ganz gewiß. Sie war auch
eine so vortreffliche Hausfrau ... Und wie wohl mußte ihm das tun,
nach soviel ungeordneten Wanderjahren in einem wohlbestellten

Hauswesen zu leben, ein braves Weib an seiner Seite, das nie einen anderen geliebt hat als ihn.

Sie war wieder zu Hause und richtete sich noch, bevor das Mittagessen aufgetragen wurde, alles zum Schreiben her. Sie aß in fieberhafter Ungeduld, sie nahm sich kaum Zeit, ihrem Buben vorzuteilen und vorzuschneiden, dann ließ sie ihn durch das Dienstmädchen auskleiden und zum Nachmittagsschlaf ins Bett legen, was sie sonst immer selbst tat, setzte sich zum Schreibtisch, und die Worte flossen ihr mühelos aus der Feder, als sei der ganze Brief in ihrem Kopf längst fertig gewesen.

»Mein Emil, mein Geliebter, mein alles!

Seit ich wieder zurück bin, hab' ich eine unbezwingbare Lust, Dir zu schreiben und möchte Dir nur immer und immer sagen, wie glücklich, wie unendlich glücklich Du mich gemacht hast. Ich war Dir im Anfang böse, daß Du mir für den Sonntag abgeschrieben hast, auch das muß ich Dir gestehen, weil ich das Bedürfnis habe, Dir alles zu sagen, was in mir vorgeht. Leider konnte sich dies nicht, solang ich mit Dir zusammen war; es ist mir nicht gegeben, aber jetzt finde ich die Worte, und Du mußt es schon ertragen, daß ich Dich mit meinem Geschreibsel langweile. Liebster, Einziger – ja, das bist Du, wenn Du auch, wie es scheint, nicht so ganz davon überzeugt warst, wie Du es sein solltest. Ich bitte Dich, glaub' es mir. Schau, ich hab' ja nichts anderes als diese Worte, um es Dir zu sagen. Emil, ich habe nie, nie jemanden andern geliebt als Dich – und werde nie einen andern lieben! Mach' mit mir, was Du willst, nichts bindet mich an die kleine Stadt, in der ich jetzt lebe, – ja, vielmehr es ist mir öfter schrecklich, hier existieren zu müssen. Ich will nach Wien ziehen, um in Deiner Nähe zu sein. O, habe keine Angst, ich werde Dich nicht stören! Ich bin ja nicht allein, habe mein Kind, welches ich *abgöttisch* liebe. Ich werde mich einschränken, und schließlich, warum soll es mir nicht gelingen, geradeso wie hier, auch in einer großen Stadt wie Wien, ja vielleicht noch eher, Lektionen zu finden, durch die ich meine Lage aufbessern kann. Doch ist dies Nebensache, da es ja längst meine Absicht war, schon wegen meines angebeteten Kindes, wenn es größer wird, nach Wien zu übersiedeln. Du kannst Dir nicht vorstellen, wie dumm hier die Menschen sind! Und ich kann überhaupt niemanden mehr ansehen, seit ich wieder das Glück hatte, mit Dir beisammen zu sein. Gib mir einen Rat, mein Liebster! Doch Du brauchst Dich nicht zu bemühen, mir einen ausführlichen Brief zu schreiben, ich komme jedenfalls noch diese Woche nach Wien, ich müßte es jedenfalls wegen einiger dringenden Besorgungen, und Du kannst mir dann alles sagen, wie Du Dir's denkst und wie Du's am besten hältst. Du mußt mir nur versprechen, daß Du mich dann, wenn ich in Wien lebe, manchmal besuchen wirst; wenn es Dir unangenehm ist, braucht es ja niemand zu wissen. Aber Du kannst mir glauben, daß jeder Tag, an dem ich Dich sehen darf, ein Festtag für mich sein wird, und daß es auf der ganzen Welt kein Wesen gibt, das Dich treuer und so bis in den Tod liebt wie ich.

Lebe wohl, mein Geliebter!

Deine Berta.«

Sie wagte nicht, den Brief zu überlesen, sie verließ gleich das Haus, um ihn selbst zum Bahnhof zu bringen. Dort sah sie Frau Rupius, einige Schritte vor ihr, von einem Dienstmädchen begleitet, das eine kleine Handtasche trug. Was sollte das bedeuten? Sie erreichte Frau Rupius in dem Augenblick, da sie in den Wartesaal trat. Das Dienstmädchen legte die Tasche auf den großen Tisch in der Mitte, küßte ihrer Herrin die Hand und ging.

»Frau Rupius!« rief Berta wie fragend aus.

Frau Rupius reichte ihr freundlich die Hand. »Ich hörte, daß Sie schon wieder zurück sind. Nun, wie ist es Ihnen gegangen?«

»Gut, o sehr gut, aber –«

»Sie sehen mich ja ganz erschrocken an; nein, Frau Berta, ich komme wieder zurück – schon morgen. Aus der langen Reise wird nichts, ich habe mich … zu etwas anderem entschließen müssen.«

»Zu etwas anderem?«

»Nun ja, zum Bleiben. Morgen bin ich wieder da. Nun, wie ist es Ihnen gegangen?«

»Ich sagte schon: sehr gut.«

»Ja richtig, Sie sagten es schon. Aber Sie wollen ja diesen Brief aufgeben, nicht wahr?«

Jetzt erst bemerkte Berta, daß sie den Brief an Emil noch in der Hand hielt. Sie betrachtete ihn mit so entzückten Augen, daß Frau Rupius lächelte.

»Soll ich ihn vielleicht mitnehmen? Er soll doch wohl nach Wien.«

»Ja«, sagte Berta, und als wäre sie glücklich, es endlich aussprechen zu können, setzte sie entschlossen hinzu: »an ihn.«

Frau Rupius nickte wie zufrieden mit dem Kopf, sah Berta aber gar nicht an und antwortete nichts.

»Wie froh ich bin«, sagte Berta, »daß ich Ihnen noch begegnet bin. Sie sind ja die Einzige hier, zu der ich Vertrauen habe, Sie sind ja die Einzige, die so etwas verstehen kann.«

»Ach nein«, sagte Frau Rupius wie im Traume vor sich hin.

»Ich beneide Sie so, daß Sie heute schon in ein paar Stunden Wien wiedersehen. Wie glücklich sind Sie!«

Frau Rupius hatte sich auf einen der Lederfauteuils am Tisch gesetzt, das Kinn auf eine Hand gestützt, blickte zu Berta auf und sagte: »Mir scheint doch eher, daß Sie es sind.«

»Nein, ich muß doch hier bleiben.«

»Warum?« fragte Frau Rupius. »Sie sind ja frei. Aber werfen Sie den Brief doch jetzt in den Kasten, sonst seh' ich die Adresse und weiß dann mehr, als Sie mir sagen wollen.«

»Nicht deswegen, aber – ich möchte, daß der Brief noch mit diesem Zug –« Sie eilte rasch in die Vorhalle, warf den Brief ein, war gleich wieder bei Anna, die in derselben ruhigen Haltung dasaß, und fuhr zu reden fort: »Ihnen könnte ich nämlich alles sagen, ja vielmehr, ich wollte schon, bevor ich hineinfuhr – aber denken Sie, wie sonderbar, da hab' ich mich nicht getraut.«

»Damals war wohl auch noch nichts zu erzählen«, sagte Frau Rupius, ohne Berta anzusehen.

Berta staunte. Wie klug war diese Frau! Wie durchschaute sie die Menschen! »Nein, damals war noch nichts zu erzählen«, wiederholte sie, indem sie Frau Rupius mit einer Art von Verehrung ansah. »Denken Sie nur, es ist wohl unglaublich, was ich Ihnen jetzt sagen werde, aber ich käme mir wie eine Lügnerin vor, wenn ich's verschwiege.«

»Nun?«

Berta hatte sich auf einen Sessel neben Frau Rupius gesetzt und sprach leiser, da die Türe zur Vorhalle offenstand. »Ich wollte Ihnen nämlich sagen, Anna, daß mir gar nicht so ist, als wenn ich etwas Böses getan hätte, nicht einmal etwas Unerlaubtes.«

»Das wär' auch nicht sehr klug.«

»Ja, Sie haben schon recht … ich meinte auch noch mehr: es ist mir, als wenn ich etwas ganz Gutes, als wenn ich etwas Besonderes getan hätte. Ja, Frau Rupius, es ist nun einmal so, ich bin stolz seitdem!«

»Nun, dazu liegt wohl auch kein Grund vor«, sagte Frau Rupius, indem sie Bertas Hand, die auf dem Tisch lag, wie in Gedanken streichelte.

»Das weiß ich ja, aber doch bin ich so stolz und komme mir ganz anders vor, als alle Frauen, die ich kenne. Sehen Sie, wenn Sie wüßten … wenn Sie ihn kennten – es ist eine so seltsame Geschichte! Sie dürfen nämlich nicht glauben, daß das eine Bekanntschaft ist, die ich kürzlich gemacht habe – ganz im Gegenteil, Sie müssen wissen, ich bin in ihn verliebt, seit ich ein ganz junges Mädel war, zwölf Jahre ist das schon her, und lange Zeit hatten wir uns gar nicht gesehen, und jetzt – ist es nicht wunderbar? – jetzt ist er mein … mein … mein … Geliebter!« Endlich hatte sie's gesagt, ihr ganzes Gesicht strahlte.

Frau Rupius sah sie mit einem Blick an, in dem etwas Spott und sehr viel Freundlichkeit lag. Sie sagte: »Ich freue mich, daß Sie glücklich sind.«

»Sie sind ja so gut! Aber sehen Sie, es ist doch andererseits wieder schrecklich, daß wir so fern voneinander sind; er lebt in Wien, ich hier, – ich glaube, ich werde das garnicht aushalten. Ich hab' auch nicht mehr das Gefühl, wie wenn ich hierher gehörte, insbesondere zu meinen Verwandten. Wenn die es wüßten … nein, wenn die es wüßten! – Sie würden es übrigens garnicht glauben. Eine Frau wie meine Schwägerin zum Beispiel, – nun, ich bin überzeugt, die denkt gar nicht daran, daß so was überhaupt möglich ist.«

»Aber Sie sind wirklich sehr naiv«, sagte Frau Rupius plötzlich, beinahe aufgebracht. Sie lauschte. »Mir war, als hörte ich den Zug schon pfeifen.« Sie stand auf, ging zu der großen Glastür, die auf den Perron führt, und sah hinaus. Der Portier kam und ersuchte um die Fahrkarten, die er markieren wollte. Zugleich sagte er: »Der Zug nach Wien hat 20 Minuten Verspätung.«

Berta war aufgestanden und zu Frau Rupius getreten. »Warum haben Sie gemeint, daß ich naiv bin?« fragte sie schüchtern.

»Aber Sie kennen ja die Menschen gar nicht«, erwiderte Frau Rupius wie ärgerlich. »Sie haben ja gar keine Ahnung, unter was für Leuten Sie existieren. Ich versichere Sie, Sie brauchen gar nicht stolz zu sein.«

»Ich weiß ja, daß es sehr dumm von mir ist.«

»Ihre Schwägerin – das ist köstlich – Ihre Schwägerin –!«

»Was meinen Sie denn?«

»Ich meine, daß Ihre Schwägerin auch einen Geliebten gehabt hat.«

»Aber wie kommen Sie auf diese Idee!«

»Nun, sie ist nicht die Einzige in dieser Stadt.«

»Ja, es gibt gewiß Frauen, die ... aber Albertine –«

»Und wissen Sie, wer es war? Das ist sehr amüsant! Herr Klingemann!«

»Nein, das ist nicht möglich!«

»Allerdings ist es schon lange her; etwa zehn Jahre oder elf.«

»Aber zu der Zeit waren Sie ja selbst noch nicht hier, Frau Rupius.«

»O, ich hab' es aus der besten Quelle – Herr Klingemann selbst hat's mir erzählt.«

»Herr Klingemann selbst? – Ist es denn möglich, daß ein Mensch so gemein –«

»Das ist sogar ganz gewiß.« Sie setzte sich nieder, auf einen Sessel neben der Tür, Berta blieb neben ihr stehen und hörte ihr staunend zu. »Ja, Herr Klingemann ... er hat mir nämlich die Ehre erwiesen, gleich als ich in die Stadt kam, mir sehr lebhaft den Hof zu machen, auf Tod und Leben, wie man so sagt. Sie wissen ja selbst, was für ein widerwärtiger Kerl er ist. Ich hab' ihn ausgelacht, das hat ihn wahrscheinlich sehr gereizt, und offenbar hat er geglaubt, mich durch die Erzählung seiner Eroberungen von seiner Unwiderstehlichkeit zu überzeugen.«

»Aber vielleicht hat er Ihnen Dinge erzählt, die nicht wahr sind.«

»Manches wohl, aber diese Geschichte ist zufällig wahr ... Ah, was sind die Männer für ein Gesindel!« Sie sprach es mit dem Ausdruck tiefsten Hasses. Berta war ganz erschrocken. Nie hatte sie es für möglich gehalten, daß Frau Rupius solche Worte sprechen könnte. »Ja, warum sollen Sie nicht wissen, unter was für Menschen Sie existieren?«

»Nein, das hätt' ich nie für möglich gehalten! Wenn das mein Schwager wüßte –!«

»Wenn er es wüßte? Er weiß es so gut wie Sie, wie ich.«

»Wie!? Nein, nein!«

»Er hat sie ja erwischt – verstehen Sie mich! ... Herrn Klingemann und Albertine! So daß beim besten Willen kein Zweifel möglich war!«

»Ja, um Gotteswillen, was hat er denn da getan?«

»Nun, Sie sehen ja, er hat sie nicht hinausgeworfen.«

»Nun ja, die Kinder ... freilich!«

»Ach was, die Kinder! Aus Bequemlichkeit hat er ihr verziehen – und hauptsächlich, weil er dann selber tun konnte, was er wollte. Sie sehen ja, wie er sie behandelt. Sie ist doch nichts viel Besseres als sein Dienstmädchen; Sie sehen ja, wie gedrückt und elend sie immer herumschleicht. Er hat es dahin gebracht, daß sie sich von dem Moment an immer wie eine Begnadigte vorkommen mußte, und ich glaube, sie hat sogar eine ewige Angst, daß er die Bestrafung einmal nachholen könnte. Aber das ist eine dumme Angst, er würde sich um keinen Preis um eine andere Wirtschafterin umsehen … Ah, meine liebe Frau Berta, wir sind ja gewiß keine Engel, wie Sie nun aus eigener Erfahrung wissen, aber die Männer sind infam, solang …« es war, als zögerte sie, den Satz zu enden, »solang sie Männer sind.«

Berta war wie vernichtet. Weniger wegen der Dinge, die ihr Frau Rupius erzählte, als wegen der Art, in der sie es getan. Sie schien eine ganz andere geworden zu sein, und Berta war es ganz weh ums Herz. –

Die Perrontür wurde geöffnet, man hörte das leise, ununterbrochene Klingeln des Telegraphen. Frau Rupius stand langsam auf, ihr Gesicht nahm einen milden Ausdruck an, sie reichte Berta die Hand und sagte: »Verzeihen Sie mir, ich war nur ein bißchen ärgerlich. Es kann ja auch sehr schön sein, es gibt sicher auch anständige Menschen … o gewiß, es kann sehr schön sein!« Sie blickte auf die Gleise hinaus, als folgte sie den eisernen Linien ins Weite. Dann sagte sie wieder ganz mit der sanften, wohltönenden Stimme, die Berta so sehr an ihr liebte: »Morgen Abend bin ich wieder zu Hause … Ja, richtig, mein Necessaire.« Sie eilte zum Tisch und nahm ihre Tasche. »Das wär' nämlich furchtbar gewesen, ohne meine zehn Flaschen kann ich nicht reisen! Also leben Sie wohl! Und vergessen Sie doch nicht, daß das alles seit zehn Jahren vorbei ist.«

Der Zug fuhr ein, sie eilte rasch zu einem Kupee, stieg ein und nickte Berta noch vom Fenster aus freundlich zu. Berta versuchte, ebenso heiter zu erwidern, aber sie fühlte, daß das Händewinken, mit dem sie der Scheidenden nachgrüßte, steif und gekünstelt war.

Langsam ging sie wieder nach Hause. Vergeblich suchte sie sich zu überreden, daß sie all das gar nichts anging, weder das längstvergangene Verhältnis ihrer Schwägerin, noch die Niedrigkeit ihres Schwagers, noch die Gemeinheit Klingemanns, noch die sonderbaren Launen dieser unbegreiflichen Frau Rupius. Sie konnte sich's nicht erklären; aber es war ihr, als hätte alles das, was sie gehört, auch irgend eine geheimnisvolle Beziehung zu ihrem Abenteuer. Plötzlich waren die nagenden Zweifel wieder da … Warum hatte er sie nicht einmal sehen wollen? Nicht am Tage drauf, nicht zwei, nicht drei Tage später? Warum? – Er hatte sein

Ziel erreicht, das war ihm genug ... Wie hatte sie ihm nur diesen tollen, schamlosen Brief schreiben können? Und eine Angst tauchte in ihr auf ... Wenn er ihn am Ende einer andern Frau zeigte ... mit ihr zusammen sich darüber lustig machte ...! Nein, was fiel ihr denn nur ein! An so etwas nur zu denken! ... Es war ja möglich, daß er den Brief nicht beantwortete, in den Papierkorb warf, – aber sonst nichts ... nein ... Im übrigen, nur Geduld, in zwei, drei Tagen ist alles entschieden. Sie wußte nicht recht, was, aber sie fühlte, daß diese unerträgliche Verwirrung in ihr nicht lange mehr dauern konnte. Irgendwie mußte sie sich lösen.

Am späten Nachmittag machte sie wieder einmal mit ihrem Buben einen Gang in den Weingeländen, aber sie betrat den Friedhof nicht. Dann wandelte sie langsam hinunter und spazierte unter den Kastanien. Sie plauderte mit Fritz, fragte ihn über allerlei aus, ließ sich Geschichten von ihm erzählen, unterrichtete ihn über manches, wie sie es oft zu tun pflegte, versuchte ihm zu erklären, wie weit die Sonne von der Erde entfernt sei, wie aus den Wolken der Regen komme und wie die Trauben wachsen, aus denen der Wein gemacht wird. Sie ärgerte sich nicht, wie sonst manchmal, wenn der Bub nicht recht aufmerkte, weil sie ganz gut fühlte, daß sie nur sprach, um sich selbst zu zerstreuen. Dann wandelte sie den Hügel hinab und unter den Kastanien wieder der Stadt zu. Bald sah sie Klingemann kommen, aber es machte nicht den geringsten Eindruck auf sie; er sprach sie mit erzwungener Höflichkeit an, hielt immer den Strohhut in der Hand und affektierte einen großen, beinahe düstern Ernst. Er schien sehr gealtert, auch merkte sie, daß seine Kleidung eigentlich gar nicht elegant, sondern geradezu vernachlässigt sei. Sie mußte sich ihn plötzlich in einer zärtlichen Umarmung mit ihrer Schwägerin vorstellen und war sehr angewidert. Später setzte sie sich auf eine Bank und sah zu, wie Fritz mit andern Kindern spielte, immer mit gespannter Aufmerksamkeit, um nicht an anderes denken zu müssen.

Am Abend war sie bei den Verwandten. Sie hatte die Empfindung, als hätte sie alles längst geahnt; denn wie wäre ihr sonst die Art der Beziehungen zwischen Schwager und Schwägerin nicht früher aufgefallen. Der Schwager machte wieder seine Scherze über Bertas Reise nach Wien, er fragte, wann sie wieder hineinfahren und ob man nicht bald von ihrer Verlobung hören würde. Berta ging auf die Scherze ein und erzählte, daß sich mindestens ein Dutzend um ihre Hand bewürben, darunter ein Minister; aber sie fühlte, daß nur ihre Lippen sprachen und lächelten, während ihre Seele ernst und schweigend blieb. Richard saß neben ihr und berührte zufällig mit seinem Knie das ihre, und als er ihr ein Glas Wein einschenkte und sie abwehrend seine Hand ergriff, fühlte sie eine wohlige Wärme an ihrem Arme bis in die Schulter gleiten. Sie war darüber zufrieden. Es schien ihr, als beginge sie jetzt eine Untreue. Und das war ganz recht: sie wollte, Emil wüßte, daß ihre Sinne wach wären, daß sie geradeso war, wie andere Weiber, und daß sie sich von dem jungen Neffen gerade so umarmen lassen konnte, wie von ihm ... Ah ja, wüßte er es nur! Das hätte sie ihm schreiben sollen! Nicht jenen demütig lüsternen Brief ... Aber auch unter dem Wellengang dieser Gedanken blieb der Grund ihrer Seele ernst, und ein Gefühl von Verlassenheit kam über sie, weil sie wußte, daß niemand ahnen konnte, was in ihr vorging.

Als sie dann allein durch die leeren Straßen nach Hause ging, begegnete sie einem Offizier, den sie vom Sehen kannte, mit einer hübschen Frauensperson, die sie noch nie gesehen. Sie dachte: offenbar eine aus Wien. Denn es war ihr bekannt, daß die Offiziere manchmal derartige Besuche erhielten. Sie hatte ein Gefühl des Neides gegen diese Frau, sie wünschte, daß auch sie jetzt von einem hübschen, jungen Offizier nach Hause begleitet werden könnte ... Warum auch nicht? ... Alle sind schließlich so ... und sie ist jetzt auch keine anständige Frau mehr! Emil glaubt es ja auch nicht, und es ist alles so egal!

Sie kommt nach Hause, entkleidet sich, legt sich zu Bett. Aber es ist zu schwül. Sie steht noch einmal auf, geht zum Fenster, öffnet es; draußen ist es ganz dunkel. Vielleicht sieht sie jetzt jemand am Fenster stehen, sieht ihre Haut durchs Dunkel leuchten ... Ja, wenn sie nur einer so sähe, es wäre ihr ganz recht! ... Dann legt sie sich wieder ins Bett ... Ach ja, sie ist nicht besser als die anderen! Und es ist auch gar nicht notwendig, daß sie's ist ... Die Gedanken verschwimmen ihr ... Ja, und er ist dran schuld, er hat sie dazu gemacht, er hat sie einmal genommen wie eine von der Straße – und dann fort mit dir! ... Ah, pfui, pfui – sind die Männer infam! – Und doch ... es war schön ...

Sie schläft. –

Am nächsten Morgen fiel ein langsamer, warmer Regen. So konnte Berta ihre ungeheure Ungeduld leichter ertragen, als wenn die Sonne herunterbrannte. Es war ihr, als hätte sich während des Schlafes manches in ihr geglättet. In der grauen Milde dieses Morgens erschien alles so einfach und durchaus nicht merkwürdig. Morgen wird der Brief da sein, den sie erwartet, und heute ist ein Tag wie hundert andere. Sie gab ihre Lektionen. Mit ihrem Neffen war sie heute sehr streng und klopfte ihm auf die Finger, als er gar zu schlecht spielte. Er war ein fauler Schüler, nichts weiter.

Nachmittag kam sie auf eine Idee, die ihr selbst höchst lobenswürdig vorkam. Schon lange hatte sie sich vorgenommen, ihren Buben lesen zu lehren, heute sollte der Anfang gemacht werden, und sie plagte sich richtig eine gute Stunde damit, ihm einige Buchstaben beizubringen.

Es regnete noch immer; schade, daß man nicht spazieren gehen konnte! Der Nachmittag wird lang, sehr lang werden. Sie sollte doch endlich zu Rupius gehen. Es ist häßlich, daß sie noch nicht bei ihm war, seit sie zurück ist. Es ist wohl möglich, daß er sich ein wenig vor ihr schämt, weil er neulich so große Worte gebraucht hat; – und nun bleibt Anna doch bei ihm.

Sie verließ das Haus. Trotz des Regens ging sie vorerst hinaus ins Freie. So ruhig wie heute war sie lange nicht gewesen, sie freute sich dieses Tages ohne Aufregung, ohne Angst, ohne Erwartung. Könnte es doch immer so sein! Es war wunderbar, mit welcher Gleichgültigkeit sie an Emil dachte. Am liebsten hätte sie gar nichts mehr von ihm hören und diese Ruhe für alle Zeit bewahren wollen ... Ja, so war es schön und gut. In der kleinen Stadt leben, die paar Lektionen geben, die doch keine große Anstrengung verursachten, den Buben aufziehen, ihn lesen, schreiben, rechnen lehren! – War denn das, was sie in den letzten Tagen erlebt, so viel Kummer, – so viel Demütigung wert? ... Nein, sie war zu solchen Dingen nicht geschaffen. Es war ihr, als klänge ihr der Lärm der großen Stadt, der sie das letztemal nicht gestört, jetzt erst in den Ohren; und sie freute sich der schönen Stille, die sie hier umgab.

So erschien ihr die tiefe Ermattung, darein ihre Seele nach den ungewohnten Erregungen versunken war, wie eine endgültige Beruhigung ... Und doch, schon nach kurzer Zeit, als sie sich der Stadt wieder zuwandte, schwand diese innere Ruhe allmählich, und unbestimmte Ahnungen von neuen Aufregungen und Leiden erwachten. Der Anblick eines jungen Paares, das an ihr vorüberging, eng aneinandergepreßt, unter aufgespanntem Regenschirm, jagte die Sehnsucht nach Emil in ihr auf; sie wehrte sich nicht dagegen, denn sie wußte schon: in ihr war alles so umgewühlt, daß jeder Hauch anderes und meist das Unvermutete an die Oberfläche ihrer Seele brachte.

Es dämmerte, als Berta zu Herrn Rupius ins Zimmer trat. Er saß am Tisch, eine Mappe mit Bildern vor sich. Die Hängelampe war angezündet. Er sah auf und erwiderte ihren Gruß. Dann sagte er: »Sie sind ja schon seit vorgestern Abend wieder zurück.« Es klang wie ein Vorwurf, und Berta fühlte sich schuldig. »Nun, setzen Sie sich«, fuhr er fort, »und erzählen Sie mir, was Sie in der Stadt erlebt haben.«

»Erlebt hab' ich nichts. Im Museum bin ich gewesen, hab' auch manche von Ihren Bildern wiedererkannt.«

Rupius antwortete nichts.

»Ihre Frau kommt noch heute Abend zurück?«

»Ich glaube nicht.« Er schwieg; dann sagte er mit absichtlicher Trockenheit: »Ich muß Sie um Entschuldigung bitten, daß ich Ihnen neulich Dinge gesagt, die Sie ja unmöglich interessieren können. Im übrigen glaub' ich nicht, daß meine Frau heute wiederkommen wird.«

»Aber … Sie sagte mir ja selbst …«

»Ja, auch mir. Sie wollte mir einfach den Abschied ersparen, vielmehr die Komödie des Abschieds. Damit mein' ich gar nicht etwas Verlogenes, sondern nur die Dinge, die das Abschiednehmen zu begleiten pflegen: gerührte Worte, Tränen … Nun, genug davon. Werden Sie mir zuweilen Gesellschaft leisten? Ich werde nämlich ziemlich allein sein, wenn meine Frau nicht mehr bei mir ist.« Der Ton, in dem er das alles sagte, stimmte in seiner Schärfe so wenig zu dem Inhalt der Rede, daß Berta vergeblich nach einer Erwiderung suchte. Aber Rupius sprach gleich weiter: »Nun, und außer dem Museum, was haben Sie noch gesehen?«

Berta begann mit großer Geschäftigkeit allerlei von ihrer Wiener Reise zu erzählen, auch von einem Jugendfreund berichtete sie, den sie nach langer Zeit wieder getroffen, und zwar, wie sonderbar! gerade vor dem Falckenborghischen Bild. Während sie so von Emil sprach, ohne seinen Namen zu nennen, wuchs ihre Sehnsucht ins Ungemessene, und sie dachte daran, ihm heute noch einmal zu schreiben.

Da sah sie, wie Rupius die Augen starr auf die Türe geheftet hielt. Seine Frau war eingetreten, kam lächelnd auf ihn zu, sagte: »Da bin ich wieder«, küßte ihn auf die Stirn und reichte Berta ihre Hand zum Gruß. »Guten Abend, Frau Rupius«, sagte Berta, höchst erfreut. Herr Rupius sprach kein Wort, doch sein Antlitz schien in heftiger Bewegung. Frau Rupius, die noch den Hut nicht abgelegt hatte, wandte sich einen Augenblick ab, da bemerkte Berta, wie Rupius sein Gesicht auf beide Hände stützte und in sich hinein zu schluchzen begann.

Berta ging. Sie war froh, daß Frau Rupius wiedergekommen war, es schien ihr wie eine gute Vorbedeutung. Morgen früh schon konnte der Brief da sein, der vielleicht ihr Schicksal entschied. Mit ihrer Ruhe war es wieder ganz vorbei; doch war ihr Wesen von einer anderen Sehnsucht erfüllt als früher. Sie wollte ihn nur da haben, in ihrer Nähe, sie hätte ihn nur sehen, an seiner Seite gehen wollen. Am Abend, nachdem sie ihren Buben zu Bett gebracht, blieb sie noch lang allein im Speisezimmer; sie spielte auch ein paar Akkorde auf dem Klavier, dann trat sie ans Fenster und sah ins Dunkel hinaus. Der Regen hatte aufgehört, die Erde trank die Feuchtigkeit ein, noch hingen die Wolken schwer über dem Land. Bertas ganzes Wesen wurde Sehnsucht, alles in ihr rief nach *ihm,* ihre Augen suchten ihn aus der Dunkelheit hervorzuschauen, ihre Lippen hauchten einen Kuß in die Luft, als könnte er die seinen erreichen, und unbewußt, als müßten ihre Wünsche in die Höhe, fort von allem andern, was sie umgab, flüsterte sie, indem sie zum Himmel aufschaute: »Gib mir ihn wieder!« ... Nie war sie so sein gewesen als in diesem Augenblick. Ihr war, als liebte sie ihn jetzt zum ersten Male. Nichts von allem war beigemischt, was sonst ihr Gefühl trübte, keine Angst, keine Sorge, kein Zweifel, alles in ihr war die reinste Zärtlichkeit, und als jetzt ein leichter Wind herangeweht kam und ihre Stirnhaare bewegte, war ihr, als käme der Hauch von ihm.

Am nächsten Morgen kam kein Brief. Berta war ein wenig enttäuscht, aber nicht beunruhigt. Bald erschien Elly, die plötzlich eine große Lust bekommen hatte, mit dem Buben zu spielen. Das Dienstmädchen brachte vom Markt die Nachricht, daß man von Rupius aus sehr eilig zum Arzt geschickt hätte, doch wußte sie nicht, ob Herr oder Frau Rupius erkrankt sei. Berta beschloß, noch vor Tisch selbst anzufragen. Sie gab ihre Lektion bei Mahlmanns sehr zerstreut und nervös, dann ging sie zu Rupius. Das Dienstmädchen sagte ihr, die gnädige Frau wäre erkrankt und läge zu Bett, es sei nichts Gefährliches, aber Doktor Friedrich habe Besuche streng verboten. Berta erschrak. Sie hätte gern Herrn Rupius gesprochen, aber sie wollte nicht zudringlich sein.

Nachmittags versuchte sie, den Unterricht ihres Buben fortzusetzen, aber es wollte ihr nicht gelingen. Wieder war ihr, als würden durch die Erkrankung Annas ihre eigenen Hoffnungen beeinflußt; wenn Anna gesund wäre, müßte auch der Brief schon da sein. Sie wußte, daß das ganz unsinnig war, aber sie konnte sich nicht dagegen wehren.

Nach fünf Uhr begab sie sich wieder zu Rupius. Das Mädchen ließ
sie ein. Herr Rupius wollte sie selbst sprechen. Er saß in seinem Sessel
am Tische. »Nun?« fragte Berta.

»Eben ist der Doktor drin; wenn Sie ein paar Minuten warten wollen
...«

Berta getraute sich nicht zu fragen. Beide schwiegen. Nach ein paar
Sekunden trat Doktor Friedrich heraus. »Nun, es läßt sich noch nichts
mit Bestimmtheit sagen«, sagte er langsam und setzte mit einem plötz-
lichen Entschluß hinzu: »Entschuldigen Sie, gnädige Frau, es ist durchaus
notwendig, daß ich mit Herrn Rupius allein rede.«

Rupius zuckte zusammen. Berta sagte mechanisch: »So will ich nicht
stören« und entfernte sich. Aber in ihrer Erregung war es ihr unmöglich,
nach Hause zu gehen, und sie nahm den Weg zwischen den Rebenge-
länden dem Friedhofe zu. Sie fühlte, daß irgend etwas Geheimnisvolles
in jenem Hause vorging. Es kam ihr der Gedanke, ob Anna nicht einen
Selbstmordversuch gemacht haben könnte. Wenn sie nur nicht stirbt,
dachte sie. Und zugleich war der Gedanke da: wenn nur ein lieber Brief
von Emil kommt! Sie schien sich von lauter Gefahren umgeben. Sie
betrat den Friedhof. Es war heute ein schöner, warmer Sommertag, und
die Blüten und Blumen dufteten neu nach dem gestrigen Regen. Berta
ging den gewohnten Weg bis zum Grab ihres Mannes. Aber sie fühlte,
daß sie hier gar nichts zu suchen hatte. Es war ihr beinah peinlich, die
Worte auf dem Grabstein zu lesen, die ihr nicht das Geringste mehr
bedeuteten: Viktor Mathias Garlan, gestorben am 6. Juni 1895. Jetzt
schien ihr irgendein Spaziergang mit Emil vor zehn Jahren näher zu
liegen als die Jahre, die sie an der Seite ihres Mannes verbracht. Das
war überhaupt gar nichts mehr ... sie hätte gar nicht daran geglaubt,
wenn Fritz nicht auf der Welt gewesen wäre ... Plötzlich fuhr ihr durch
den Sinn: Fritz ist gar nicht sein Sohn ... am Ende ist er Emils Sohn
... Sind solche Dinge nicht möglich? ... Und es war ihr in diesem Au-
genblick, als könnte sie die Lehre vom heiligen Geist verstehen ... Dann
erschrak sie selbst über das Unsinnige ihrer Gedanken. Sie blickte auf
den breiten Weg, der von dem Tor des Kirchhofs gradlinig bis zur ge-
genüber liegenden Mauer zog, und mit einemmal wußte sie ganz be-
stimmt, daß man in wenigen Tagen den Sarg mit der Leiche der Frau
Rupius diesen Weg tragen würde. Sie wollte diesen Gedanken verscheu-
chen, aber er war in völliger Bildhaftigkeit da, der Leichenwagen stand
vor dem Tor; dort, dieses Grab, das zwei Männer eben aufschaufelten,

war für Frau Rupius bestimmt, und Herr Rupius wartete am offenen Grab. Er saß in seinem Rollstuhl, den Plaid auf den Knien, und starrte dem Sarg entgegen, den die schwarzen Männer langsam herantrugen … Das war mehr als eine Ahnung, das war ein Wissen … Aber woher kam ihr das? – Jetzt hörte sie Leute hinter sich reden; zwei Frauen kamen an ihr vorüber, die eine war die Witwe eines Oberstleutnants, der vor kurzem gestorben war, die andere die Tochter; beide grüßten sie und schritten langsam weiter. Berta dachte, daß diese beiden Frauen sie für eine treue Witwe halten würden, die noch immer ihren Gatten beweinte; sie kam sich wie eine Lügnerin vor und entfernte sich eilig. Vielleicht war irgendeine Nachricht da, am Ende ein Telegramm von Emil – das wäre ja nichts merkwürdiges … sie standen einander doch nah genug … Ob Frau Rupius noch daran denkt, was Berta ihr auf dem Bahnhof gesagt hat, ob sie vielleicht im Fieber davon redet … Übrigens ist das ja so gleichgültig. Wichtig ist nur, daß Emil schreibt und daß Frau Rupius gesund wird … Sie muß noch einmal hin, sie muß Herrn Rupius sprechen, er wird ihr schon sagen, was der Arzt von ihm wollte … Und sie eilt zwischen den Rebengeländen den Hügel hinab, nach Hause … Nichts ist gekommen, kein Brief, kein Telegramm … Fritz ist mit dem Mädchen ausgegangen. Ah, wie allein ist sie! Sie eilt wieder zu Rupius, das Mädchen öffnet ihr. Es geht sehr schlecht, Herr Rupius ist nicht zu sprechen …

»Was fehlt ihr denn? Wissen Sie nicht, was der Doktor gesagt hat?«

»Eine Entzündung, hat der Doktor g'sagt.«

»Was für eine Entzündung?«

»Oder hat er gar g'sagt, eine Blutvergiftung. Es wird gleich eine Wärterin vom Spital kommen.«

Berta ging. Auf dem Platz vor dem Kaffeehaus saßen einige Leute, an einem Tisch ganz vorn Offiziere, wie gewöhnlich um diese Zeit. Die wissen nicht, was da oben vorgeht, dachte Berta, sonst könnten sie nicht da sitzen und lachen … Blutvergiftung – ja, was hatte das zu bedeuten? … Gewiß: es war ein Selbstmordversuch! … Aber warum? … Weil sie nicht fortreisen durfte – oder wollte? – Aber sie wird nicht sterben – nein, sie darf nicht sterben!

Um die Zeit hinzubringen, besucht Berta ihre Verwandten. Nur die Schwägerin ist zu Hause, sie weiß schon von der Erkrankung der Frau Rupius, aber das berührt sie nicht sehr, und sie spricht bald von anderen Dingen. Berta erträgt es nicht und entfernt sich.

Am Abend versucht sie, ihrem Buben Geschichten zu erzählen, dann liest sie die Zeitung, wo sie unter anderem auch wieder eine Ankündigung des Konzerts unter Mitwirkung Emils findet. Es kommt ihr ganz sonderbar vor, daß das Konzert noch immer bevorsteht und nicht schon längst vorüber ist.

Sie kann nicht schlafen gehen, ohne noch einmal bei Rupius angefragt zu haben. Sie trifft die Wärterin im Vorzimmer. Es ist diejenige, die Doktor Friedrich immer zu seinen Privatpatienten schickt. Sie hat ein heiteres Antlitz und tröstliche Augen.

»Unser Doktor wird die Frau Rupius schon herausreißen«, sagt sie. Und obzwar Berta weiß, daß diese Wärterin immer Bemerkungen solcher Art macht, fühlt sie sich doch beruhigter. Sie geht nach Hause, legt sich zu Bett und schlummert ruhig ein.

Am nächsten Morgen wacht sie spät auf. Sie ist ausgeschlafen und frisch. Auf dem Nachtkästchen liegt ein Brief. Jetzt erst besinnt sie sich: Frau Rupius ist schwer krank, und das ist ein Brief von Emil. Sie greift so eilig nach ihm, daß der kleine Leuchter heftig schwankt, reißt das Kuvert herunter und liest:

»Meine liebe Berta! Vielen Dank für Deinen schönen Brief. Er hat mich sehr gefreut. Aber Deine Idee, für immer nach Wien zu kommen, mußt Du Dir doch noch sehr wohl überlegen. Die Verhältnisse hier liegen ganz anders, als Du Dir vorzustellen scheinst. Es ist selbst für den einheimischen, gut akkreditierten Musiker mit der größten Mühe verbunden, halbwegs anständig bezahlte Lektionen zu bekommen, für Dich wäre es – wenigstens im Beginn – fast ein Ding der Unmöglichkeit. Zu Hause hast Du Deine gesicherte Existenz, Deinen Kreis von Verwandten und Freunden, Dein Heim, und schließlich, es ist der Ort, an dem Du mit Deinem Gatten gelebt hast, wo Dein Kind auf die Welt gekommen ist, und dort ist Dein Platz. Alles das aufzugeben, um Dich in den aufreibenden Konkurrenzkampf der Großstadt zu stürzen, hieße sehr töricht handeln. Ich rede absichtlich nichts von der Rolle, welche Deine Sympathie für mich (Du weißt, ich erwidre sie von ganzem Herzen) in Deinen Erwägungen zu spielen scheint, aber das würde die ganze Frage auf ein anderes Gebiet hinüberspielen, und das soll nicht geschehen. Ich nehme kein Opfer von Dir an, unter keiner Bedingung. Daß ich Dich gern und zwar bald wiedersehen möchte, braucht wohl keiner

506

Versicherung, denn ich wünsche nichts sehnlicher, als wieder eine solche Stunde mit Dir zu verleben wie die, welche Du mir neulich geschenkt hast (und für die ich Dir sehr dankbar bin). Richte Dir's doch so ein, mein Kind, daß Du etwa alle vier bis sechs Wochen auf einen Tag und eine Nacht nach Wien kommen kannst. Wir wollen noch öfter recht glücklich sein, hoff' ich. In den nächsten Tagen kann ich Dich zu meinem Bedauern nicht sehen, auch verreise ich gleich nach meinem Konzert, ich muß in London spielen (Season), von dort fahre ich nach Schottland. Also auf ein frohes Wiedersehen im Herbst. Ich grüße Dich und küsse die süße Stelle hinter Deinem Ohr, die ich am meisten liebe.

Dein Emil.«

Als Berta diesen Brief zu Ende gelesen, saß sie noch eine Weile aufrecht im Bett. Es ging wie ein Schauer durch ihren Leib. Sie war nicht überrascht, sie wußte, daß sie keinen anderen Brief erwartet hatte. Sie schüttelte sich ... Alle vier bis sechs Wochen ... vortrefflich! – Ja, für einen Tag und für eine Nacht ... Pfui, pfui! ... Und was für eine Angst er hatte, daß sie nach Wien käme ... Und nun gar zum Schluß diese Bemerkung, als hätte er es darauf abgesehen, sozusagen noch aus der Ferne ihre Sinne zu reizen, weil ja das seine einzige Art war, mit ihr zu verkehren ... Ah, pfui, pfui! ... was für eine ... war sie gewesen! – Es ekelt sie – ekelt sie! ... Sie springt aus dem Bett, kleidet sich an ... Nun ja, was weiter? ... Es war aus, aus, aus! Er hatte keine Zeit für sie – gar keine Zeit! ... Vom Herbst an alle sechs Wochen eine Nacht ... Ja, sofort, mein Herr, ich gehe auf Ihren ehrenvollen Antrag mit Vergnügen ein – ich wünsche mir ja nichts Bessres! Ich werde weiter hier versauern, Lektionen geben, verblöden in diesem Nest ... Sie werden weiter Geige spielen, den Weibern den Kopf verdrehen, reisen, reich und berühmt und glücklich sein – und alle vier bis sechs Wochen darf ich auf eine Nacht in irgendeinem schäbigen Zimmer, wo Sie Ihre Frauenzimmer von der Straße hinführen, in einem Bett, wo so und so viele vor mir gelegen sind, ... pfui, pfui, pfui! ... Rasch fertig gemacht – zu Frau Rupius ... Anna ist krank, schwerkrank – was geht mich alles andere an?

Bevor sie fortging, herzte sie ihren Buben, und die Stelle aus dem Brief fiel ihr ein: hier, wo Dein Kind zur Welt gekommen ist, bist Du zu Hause ... Ja, so war es auch, aber er hat es nicht gesagt, weil es wahr

119

ist, sondern nur, um nicht in die Gefahr zu kommen, sie öfter sehen zu müssen als alle sechs Wochen einmal.

Fort, fort! ... Warum zitterte sie denn gar nicht für Frau Rupius? ... Ah, sie wußte schon, es war ihr ja gestern abend besser gegangen. – Wo war nur der Brief? ... Sie hatte ihn wieder ganz mechanisch ins Mieder gesteckt.

Die Offiziere saßen vor dem Kaffeehaus und frühstückten; ganz bestaubt waren sie, sie kamen schon von der Feldübung zurück. Einer sah Berta nach, ein ganz junger, er mußte erst vor kurzem eingerückt sein ... Bitte sehr, ich bin ganz zu Ihrer Verfügung, in Wien bin ich nur alle vier bis sechs Wochen beschäftigt ... bitte, sagen Sie nur, wann Sie es wünschen ...

Die Balkontür war offen, über dem Geländer hing die rotsamtene Klavierdecke. Nun, offenbar, alles war wieder in Ordnung, – würde sonst die Decke auf dem Balkon hängen? ... Freilich, also vorwärts, hinauf ohne Angst! ...

Das Mädchen öffnet. Berta braucht sie nichts zu fragen, in ihren aufgerissenen Augen ist der Ausdruck von entsetztem Staunen, wie ihn nur die Nähe eines grauenvollen Sterbens hervorbringt. Berta tritt ein, zuerst in den Salon, die Tür zum Schlafzimmer ist flügelweit geöffnet.

Von der Wand fortgerückt, in der Mitte des Zimmers steht das Bett, frei von allen Seiten. Am Fußende sitzt die Wärterin, sehr müde, mit auf die Brust gesunkenem Kopf, zu Häupten in seinem Rollsessel Herr Rupius. Das Zimmer ist so dunkel, daß Berta erst, wie sie ganz nah tritt, das Gesicht von Anna deutlich sehen kann. Sie scheint zu schlafen. Berta tritt näher. Sie hört den Atem Annas, er ist gleichmäßig, aber unbegreiflich rasch, nie hat sie ein menschliches Wesen so atmen gehört. Jetzt fühlt Berta die Blicke der beiden andern auf sich gerichtet. Nur einen Augenblick wundert sie sich, daß man sie so ohne weiteres hereingelassen, dann begreift sie, daß jetzt alle Vorsichtsmaßregeln überflüssig geworden sind; diese Sache ist entschieden.

Noch zwei Augen richteten sich plötzlich auf Berta. Frau Rupius selbst 508 hatte die ihren aufgeschlagen und betrachtete die Freundin mit Aufmerksamkeit. Die Wärterin machte Berta Platz und ging ins Nebenzimmer. Berta setzte sich und rückte näher heran. Sie sah, wie Anna ihr eine Hand langsam entgegenhielt, und ergriff sie. »Liebe Frau Rupius«, sagte sie. »Nicht wahr, es geht Ihnen jetzt schon viel besser.« Sie fühlte, daß sie wieder etwas Ungeschicktes sagte, aber sie fand sich darein. Es war nun einmal ihr Los dieser Frau gegenüber, noch in der letzten Stunde.

Anna lächelte; sie sah so blaß und jung aus wie ein Mädchen. »Ich danke Ihnen, liebe Berta«, sprach sie.

»Aber liebe, liebe Anna, wofür denn?« Sie hatte die größte Mühe, ihre Tränen zurückzuhalten. Zugleich aber war sie sehr neugierig zu erfahren, was denn eigentlich geschehen war.

Ein langes Schweigen entstand. Anna schloß die Augen wieder und schien zu schlafen, Herr Rupius saß regungslos da; Berta sah bald auf die Kranke, bald auf ihn. Sie dachte: Jedenfalls muß ich warten. Was Emil sagen würde, wenn *ich* plötzlich tot wäre? Ah, das täte ihm doch ein wenig leid, wenn er denken müßte: die ich vor ein paar Tagen in meinen Armen hielt, jetzt verwest sie. Er würde sogar weinen. Ja, in diesem Fall würde er weinen ... ein so elender Egoist er sonst ist ... Ah, wohin flogen denn wieder ihre Gedanken? Hielt sie nicht immer noch die Hand der Freundin in der ihren? Oh, wenn sie sie retten könnte! ... Wer war nun übler dran! Diese, die da sterben mußte, oder sie, die man so schmählich betrogen hatte? War denn das notwendig, wegen einer Nacht? ... Ah, das klang noch viel zu schön! ... wegen einer Stunde – sie so zu erniedrigen, sie zu ruinieren – war das nicht gewissenlos, frech? ... Wie haßte sie ihn! wie haßte sie ihn! ... Wenn er nur in seinem nächsten Konzert stecken bliebe, daß ihn alle Leute auslachten und er sich schämen müßte und in allen Zeitungen stände: Herr Emil Lindbach ist fertig, vollkommen fertig. Und alle seine Geliebten würden sagen: Ah, fällt mir gar nicht ein! ein Geigenspieler, der stecken bleibt ...! ... Ja, dann würde er sich wohl ihrer erinnern, der einzigen, die ihn seit ihrer Kindheit, die ihn wahrhaft geliebt hat ... und die er nun so niederträchtig behandelte! ... Dann müßte er doch zurück und sie um Verzeihung bitten, – und sie würde ihm sagen: Siehst du, Emil, siehst du, Emil ... denn etwas Gescheiteres fiele ihr natürlich nicht ein Da denkt sie nun schon wieder an ihn, immer an ihn – und hier stirbt eine, und sie sitzt am Bett, und dieser Schweigende dort ist der Gatte ... So still ist es, nur von der Straße her, über den Balkon, durch die offene Tür wie hereingetragen, verwirrtes Geräusch – Menschenstimmen, Räderrollen, das Glockensignal eines Radfahrers, ein Säbel, der übers Pflaster scheppert, dazwischen Gezwitscher von Vögeln – aber all das ist so fern, gehört so gar nicht dazu ...

Anna wird unruhig, sie wirft den Kopf hin und her – oft, rasch, immer rascher ... Eine Stimme hinter Berta sagt leise: »Jetzt fängt's an.« Berta wandte sich um. Es war die Wärterin mit dem heiteren Gesicht; aber Berta sah jetzt, daß dieser Ausdruck gar keine Heiterkeit bedeutete, sondern nur den erstarrten Versuch, nie einen Schmerz merken zu lassen, und sie fand dieses Gesicht unbeschreiblich furchtbar ... Wie hatte sie gesagt? ... Jetzt fängt es an ... ja, wie ein Konzert oder eine Theatervorstellung ... Und sie erinnerte sich daran, daß einmal auch an ihrem Bett dieselben Worte gesprochen wurden, damals als ihre Wehen begannen ...

Anna öffnete plötzlich die Augen, sehr weit, sehr groß; heftete sie auf ihren Mann und sagte ganz vernehmlich, indem sie sich vergeblich aufzurichten trachtete: »Nur dich, nur dich ... glaub' mir, nur dich hab' ich ...« Das letzte Wort war nicht zu verstehen, aber Berta erriet es.

»Ich weiß«, sagte Rupius. Dann beugte er sich herab und küßte die Sterbende auf die Stirn. Anna schlang die Arme um ihn, seine Lippen weilten lange auf ihren Augen. Die Wärterin war wieder hinausgegangen. Plötzlich stieß Anna ihren Mann von sich, sie kannte ihn nicht mehr, ihr Bewußtsein war dahin. Berta stand sehr erschrocken auf, blieb aber am Bette stehen. Herr Rupius sagte zu Berta: »Gehen Sie jetzt.« Sie zögerte.

»Gehen Sie«, sagte er noch einmal und streng.

Berta sah ein, daß sie gehen mußte. Auf den Zehenspitzen entfernte sie sich aus dem Zimmer, als könnte das Geräusch von Schritten Anna noch stören. Als sie ins Vorzimmer kam, sah sie eben Doktor Friedrich, der den Überzieher ablegte und während dieser Zeit mit einem jungen Arzt, dem Sekundarius des Spitals, sprach. Er bemerkte Berta nicht, und sie hörte ihn folgendes sagen: »In jedem andern Falle hätt' ich die Anzeige erstattet, aber da die Sache so ausgeht ... Überdies war' es ein entsetzlicher Skandal, und der arme Rupius litte am meisten darunter.« Jetzt sah er Berta. »Guten Tag, Frau Garlan.«

»Ja, Herr Doktor, was ist denn eigentlich?«

Doktor Friedrich sah den Sekundararzt mit einem raschen Blick an; dann erwiderte er: »Blutvergiftung. Sie wissen ja, gnädige Frau, manchmal schneidet man sich in den Finger und stirbt daran; die Verletzung ist nicht immer zu entdecken. Es ist ein großes Unglück ... ja, ja.« Er ging ins Zimmer, der Assistent folgte ihm.

Berta war wie betäubt, als sie auf die Straße trat. Was für eine Bedeutung hatten die Worte, die sie gehört? – Anzeige? – Skandal? Ja, hatte am Ende Rupius selbst seine Frau umgebracht? … Nein, was für ein Unsinn! – Aber irgend etwas war an Anna verübt worden, ganz gewiß … und es mußte irgendwie mit der Reise nach Wien zusammenhängen: denn in der Nacht nachher war sie erkrankt … Und die Worte der Sterbenden fielen ihr ein: Nur dich, nur dich hab' ich geliebt! … Hatte das nicht geklungen wie eine Bitte um Verzeihung … Nur dich geliebt – aber einen andern … Gewiß, sie hatte einen Liebhaber in der Stadt … nun ja, aber was weiter? … Ja, sie hatte fortreisen wollen und es doch nicht getan … Wie hatte sie nur damals auf dem Bahnhof gesagt … Ich habe mich zu etwas anderem entschlossen … Ja, gewiß, sie hatte von dem Liebhaber in Wien Abschied genommen und sich hier – vergiftet? … Aber warum denn, wenn sie nur ihren Gatten liebte? … Und das war keine Lüge! Gewiß nicht! Berta konnte es nicht verstehen …

Warum war sie denn nur fortgegangen? … Was sollte sie denn jetzt tun? … Sie hatte zu nichts Ruhe. Sie konnte weder nach Hause, noch zu ihren Verwandten, sie mußte wieder zurück … Ob Anna auch hätte sterben müssen, wenn heut' ein anderer Brief von Emil gekommen wäre? … Wahrhaftig, sie verlor den Verstand … Das waren ja Dinge, die gar nicht zusammenhingen – und doch … warum konnte sie sie nicht voneinander trennen? –

Wieder eilte sie die Stiege hinauf. Es war noch keine Viertelstunde, daß sie das Haus verlassen. Die Tür zur Wohnung stand offen, die Wärterin war im Vorzimmer. »Schon vorbei«, sagte sie. Berta ging weiter. Herr Rupius saß ganz allein am Tisch, die Tür zum Sterbezimmer war geschlossen. Er ließ Berta ganz nah an sich herankommen, ergriff ihre Hand, die sich ihm entgegenstreckte, dann sagte er: »Warum nur hat sie's getan? hat sie *das* getan?«

Berta schwieg.

Rupius sprach weiter. »Es war nicht notwendig – heiliger Himmel, es war nicht notwendig! Was gehen mich die anderen Menschen an – nicht wahr?«

Berta nickte.

»Auf das Lebendigsein kommt es an – das ist es. Warum hat sie das getan?« Es klang wie ein verhaltenes Jammern, obzwar er ganz ruhig zu reden schien. Berta weinte.

»Nein, es war nicht notwendig! Ich hätt' es aufgezogen, aufgezogen wie mein eigenes Kind.«

Berta blickte jäh auf. Mit einemmal verstand sie alles, und eine furchtbare Angst durchlief ihr ganzes Wesen. Sie dachte an sich selbst. Wenn auch sie in dieser einen Nacht … in dieser einen Stunde …?! Ihre Angst war so groß, daß sie glaubte, die Sinne müßten ihr vergehen. Was ihr bisher kaum als Möglichkeit vorgeschwebt, stand plötzlich wie eine unbestreitbare Gewißheit vor ihr. – Es konnte gar nicht anders sein, der Tod Annas war eine Vorbedeutung, ein Fingerzeig Gottes. Und zugleich tauchte die Erinnerung in ihr auf, an jenen Spaziergang an der Wien vor zwölf Jahren, da Emil sie geküßt und sie das erstemal heiße Sehnsucht nach einem Kind empfunden. Warum hatte sie keine empfunden, als sie neulich in seinen Armen lag? … Ja, nun wußte sie: sie hatte nichts anderes wollen als die Lust eines Augenblicks, sie war nicht besser gewesen als eine von der Straße, und es wäre nur eine gerechte Strafe des Himmels, wenn auch sie an ihrer Schande so zugrunde ginge wie die Arme, die da drin lag.

»Ich möchte sie noch einmal sehen«, sagte sie.

Rupius wies auf die Türe. Berta öffnete sie, näherte sich langsam dem Bett, auf dem die Tote ruhte, betrachtete sie lange und küßte sie auf beide Augen. Da überkam sie eine Ruhe ohnegleichen. Sie wäre am liebsten stundenlang bei der Leiche geblieben, in deren Nähe ihre eigenen Enttäuschungen und Leiden alle Wichtigkeit verloren. Sie kniete am Bette nieder und faltete die Hände, doch ohne zu beten.

Plötzlich flimmerte es ihr vor den Augen, eine wohlbekannte plötzliche Schwäche kam über sie, ein Schwindel, der sich gleich verlor. Zuerst bebte sie leise, dann aber atmete sie tief wie erlöst auf, denn mit dem Hereinbrechen dieser Ermattung fühlte sie ja auch, daß in diesem Augenblick nicht nur ihre Befürchtungen von früher, sondern der ganze Wahn dieser wirren Tage, die letzten Schauer einer verlangenden Weiblichkeit, alles, was sie für Liebe gehalten, in nichts zu verströmen begannen. Und an diesem Totenbette kniend, wußte sie, daß sie nicht von denen war, die, mit leichtem Sinn beschenkt, die Freuden des Lebens ohne Zagen trinken dürfen. Mit Ekel dachte sie an die eine Stunde der Lust, die ihr vergönnt gewesen, und wie eine ungeheure Lüge erschienen ihr die schamlosen Wonnen, die sie damals gekostet, gegenüber der Unschuld jenes sehnsüchtigen Kusses, dessen Erinnerung ihr ganzes Dasein verschönt hatte. Klar hingebreitet in wundervoller Reinheit erschienen ihr jetzt die Beziehungen, die zwischen dem Gelähmten da draußen und dieser Frau bestanden hatten, die an ihrem Betruge sterben mußte. Und während sie die blasse Stirn der Toten betrachtete, mußte sie an den Unbekannten denken, für den sie hatte sterben müssen und der straflos und wohl auch reuelos draußen in der großen Stadt herumgehen und weiterleben durfte, wie ein anderer auch … nein, wie tausend und tausend andere, die neulich ihr Kleid gestreift und sie begehrlich angestarrt hatten. Und sie ahnte das ungeheure Unrecht in der Welt, daß die Sehnsucht nach Wonne ebenso in die Frau gelegt ward, als in den Mann; und daß es bei den Frauen Sünde wird und Sühne fordert, wenn die Sehnsucht nach Wonne nicht zugleich die Sehnsucht nach dem Kinde ist.

Sie erhob sich, warf einen letzten Blick des Abschieds auf die geliebte Freundin und verließ das Sterbegemach. Herr Rupius saß im Nebenzimmer geradeso, wie sie ihn verlassen. Ein tiefes Verlangen überkam sie, ihm Worte des Trostes zu sagen. Es war ihr einen Augenblick, als hätte ihr eigenes Schicksal nur den einen Sinn gehabt, sie das Elend dieses Mannes ganz verstehen zu machen. Sie hätte gewünscht, ihm das sagen zu können, aber sie fühlte, daß er zu denen gehörte, die mit ihrem Schmerz allein sein wollen. So setzte sie sich schweigend ihm gegenüber.

Biographie

<table>
<tr><td>1862</td><td>15. Mai: Arthur Schnitzler wird als ältestes Kind des jüdischen Kehlkopfspezialisten Johann Schnitzler und dessen Frau in Wien geboren.</td></tr>
<tr><td>1879–1884</td><td>Arthur studiert Medizin an der Universität Wien.</td></tr>
<tr><td>1882/83</td><td>Als Einjährig-Freiwilliger absolviert er seinen Militärdienst am Garnisonsspital in Wien.</td></tr>
<tr><td>1885</td><td>Schnitzler erhält sein Medizindiplom und schließt Bekanntschaft mit Sigmund Freud, mit dem er das Interesse für das Un- und Unterbewußte teilt.</td></tr>
<tr><td>1886–1893</td><td>Er ist als Assistenzarzt an verschiedenen Wiener Krankenhäusern tätig.</td></tr>
<tr><td>1888</td><td>Die Sammlung von Einaktern »Anatol« wird veröffentlicht.</td></tr>
<tr><td>ab 1890</td><td>Gemeinsam mit Hugo von Hofmannsthal gehört Schnitzler dem Kreis der »Wiener Moderne« an. Er ist einer der bedeutendsten Kritiker der österreichisch-ungarischen Monarchie und ihrer Entwicklung um die Jahrhundertwende.</td></tr>
<tr><td>1893</td><td>Er gibt seine Stelle im Krankenhaus auf und eröffnet eine Privatpraxis. Seine Neigung zur Schriftstellerei nimmt bedeutend zu.</td></tr>
<tr><td>1897</td><td>Er veröffentlicht den »Reigen«, ein Zyklus von zehn dramatischen Dialogen. Zur Uraufführung kommt es erst 24 Jahre später, da die Zensur die Aufführung verbietet.</td></tr>
<tr><td>1899–1930</td><td>Seine zahlreichen Dramen behandeln meist sozialkritische oder psychologische Themen.</td></tr>
<tr><td>1900</td><td>Mit der Novelle »Leutnant Gustl« führt Schnitzler den inneren Monolog als neue Ausdrucksform in die deutsche Literatur ein.</td></tr>
<tr><td>1901</td><td>Schnitzler wird der Rang eines Reserveoffiziers aberkannt, wegen der Angriffe auf den Ehrenkodex des österreichischen Militärs in »Leutnant Gustl«.</td></tr>
<tr><td>1903</td><td>Er heiratet Olga Gussmann.</td></tr>
<tr><td>1908</td><td>Der Roman »Der Weg ins Freie« erscheint, in welchem die Probleme des assimilierten Judentums thematisiert werden.</td></tr>
<tr><td>1914–1918</td><td>Zu Beginn des Ersten Weltkrieges ist Schnitzler einer der</td></tr>
</table>

wenigen österreichisch-ungarischen Intellektuellen, die die allgemeine Kriegsbegeisterung nicht teilen.

Als Folge verringert sich die Popularität seiner Stücke.

1921 Anläßlich der Aufführung des »Reigen« in Berlin kommt es zum Prozeß wegen »Erregung öffentlichen Ärgernisses«. Daraufhin wird Schnitzler die Aufführungsgenehmigung entzogen.

Seine Ehe scheitert.

1921–1931 Die Auswirkungen der Scheidung sind bemerkbar: psychische und physische Probleme isolieren ihn zunehmend.

Neben einem zweiten Roman, »Therese. Chronik eines Frauenlebens«, schreibt er in seinen letzten Lebensjahren vor allem Erzählungen, in denen er Einzelschicksale um die Jahrhundertwende aus psychologischer Sicht darstellt.

1923 Er wird zum ersten Präsidenten des österreichischen PEN-Clubs ernannt.

1926 Schnitzler erhält den Burgtheaterring und gehört zu den meistgespielten Dramatikern auf deutschen Bühnen.

1931 *21. Oktober:* Arthur Schnitzler stirbt in Wien an einer Gehirnblutung.

Erzählungen aus dem Biedermeier

Biedermeier - das klingt in heutigen Ohren nach langweiligem Spießertum, nach geschmacklosen rosa Teetässchen in Wohnzimmern, die aussehen wie Puppenstuben und in denen es irgendwie nach »Omma« riecht.

Zu Recht. Aber nicht nur.

Biedermeier ist auch die Zeit einer zarten Literatur der Flucht ins Idyll, des Rückzuges ins private Glück und der Tugenden. Die Menschen im Europa nach Napoleon hatten die Nase voll von großen neuen Ideen, das aufstrebende Bürgertum forderte und entwickelte eine eigene Kunst und Kultur für sich, die unabhängig von feudaler Großmannssucht bestehen sollte.

Georg Büchner Lenz **Karl Gutzkow** Wally, die Zweiflerin **Annette von Droste-Hülshoff** Die Judenbuche **Friedrich Hebbel** Matteo **Jeremias Gotthelf** Elsi, die seltsame Magd **Georg Weerth** Fragment eines Romans **Franz Grillparzer** Der arme Spielmann **Eduard Mörike** Mozart auf der Reise nach Prag **Berthold Auerbach** Der Viereckig oder die amerikanische Kiste

ISBN 978-3-8430-1884-5, 444 Seiten, 29,80 €

Erzählungen aus dem Biedermeier II

Annette von Droste-Hülshoff Ledwina **Franz Grillparzer** Das Kloster bei Sendomir **Friedrich Hebbel** Schnock **Eduard Mörike** Der Schatz **Georg Weerth** Leben und Taten des berühmten Ritters Schnapphahnski **Jeremias Gotthelf** Das Erdbeerimareili **Berthold Auerbach** Lucifer

ISBN 978-3-8430-1885-2, 440 Seiten, 29,80 €

Erzählungen aus dem Biedermeier III

Eduard Mörike Lucie Gelmeroth **Annette von Droste-Hülshoff** Westfälische Schilderungen **Annette von Droste-Hülshoff** Bei uns zulande auf dem Lande **Berthold Auerbach** Brosi und Moni **Jeremias Gotthelf** Die schwarze Spinne **Friedrich Hebbel** Anna **Friedrich Hebbel** Die Kuh **Jeremias Gotthelf** Barthli der Korber **Berthold Auerbach** Barfüßele

ISBN 978-3-8430-1886-9, 452 Seiten, 29,80 €